圖解 英文文法 的原理 暢銷修訂版

用圖像原理學文法，
別再和英語過不去了！

　　英語，光是想就讓人一個頭兩個大。十年學生生涯學不夠，出了社會還得繼續煎熬。長久以來，用來學英語的書籍少說也有數十本之多，真是令人無奈又喪氣。雖然話是這麼說，可是又不能就此放棄。調整了心態打算一切從頭開始，可是，不用說一定又是虎頭蛇尾，草草了事。為什麼我總是這個樣子呢？難道，英語真那麼難學？再不然，會不會是我太沒有意志力了呢？

　　我想，有許多人一旦面對英語這東西，像上面這樣滿腹的埋怨似乎是稀鬆平常的事。英語，是打從構造就不同於中文的「外語」，所以，大家會學得滿頭包不是沒道理的，更別提去接近它、吸收它了。那麼，到底要怎麼辦呢？

　　解決的方法只有一個，那就是「和英語做朋友」。這是學會英語最有效的祕訣。這是因為，不管多困難乏味的事情，一旦被引起了興趣，我們就能進展得很快。其實，說起來容易，可是，「到底有什麼方法能夠親近英語呢？」

　　本書就是以「親近英語的祕訣」為元素編寫而成，呈現給各位讀者。這個祕訣，可不是一朝一夕就能發現並且體會。這是數年來在「英語」的學習環境中摸索、掙扎，最後才找到這樣的一條線索：包括英語在內的大部份的語言，都是從圖解開始的。尋著這個線索再去挖掘出「圖解式思考來學英語，英語再也不是令人頭痛的外來語」的脈絡。本書是本著這樣的精神加以編纂而來，歷時一年時間才完成。在這一年裡，更是透過許多人的學習經驗與建

言加以整理。

　　審訂本書原稿的人們無不驚嘆：「原本覺得難如登天的英語，居然也可以這麼簡單有趣！根本沒什麼嘛！」更有不少人惋惜的說：「為什麼不一開始就找到這種學習方式呢？這樣，學習英文的一路上就可以事半功倍了！」。最後，大家還一致認為，閱讀其他英語學習的工具書之前，一定要先讀過這本書。

　　事實上，圖解式表達方式是超越時間和空間，國籍與人種，全世界都通用的「萬國共同語」。人類所具備的認知，所有象徵體系，其實都是以圖像為基底的。語言，當然也不例外。因此，藉由圖解式思考方式學習英語，我們終於可以不用再重複過去經歷過的那些苦頭。

　　不過，各位讀者可千萬不能以為只要看過本書一次就能在隔天一覺醒來的時候自己會變成英語大師。本書就像是一只新的大碗，輔助各位容納輕鬆學成的英語，而怎麼樣去填滿這個碗，那就要看各位如何善加利用了。我相信，對學習英語仍滿懷期待的各位讀者來說，填滿這個碗應該是指日可待的事。

　　各位，從今天開始，別再和英語過不去了。

圖像原理學文法
一輩子不會忘

看圖學文法不用背！

淺顯易懂的圖像式英文，提高你的學習效率和興趣
學英文居然可以這麼簡單，根本沒什麼嘛！

以前！記不住又看不懂

我寫一封信給愛麗絲。

I write a letter to Alice.

主詞 動詞 受詞 +...@#$%

為什麼不是先寫 Alice 而是先寫 a letter??
不懂，記不住啦！

現在！一看就懂永遠記住

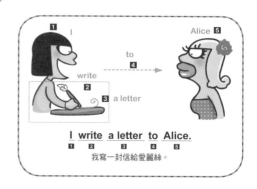

讓你一看圖就能輕鬆理解英文文法
快速提昇文法實力，增強記憶功效

從現在起，英語不再是外國話，而是有趣的圖畫。
跟著本書學習，你可以輕鬆地連貫所學過的英文！

學句型不用背

一邊看圖，一邊跟著數字順序連接所有單字，立刻掌握完整的句型，讓你學英文不再害怕文法。

（速翻★本書 81 頁）

神奇的介系詞

一個動詞和不同的介系詞組合後，會產生不同意義的片語，讓你認識每個介系詞不混淆。

（速翻★本書 27 頁）

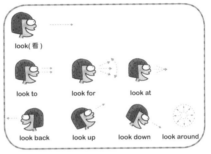

不一樣動詞

每個動詞都有特別的發音，運用發音時不同的空氣流動圖像教你區別相似動詞。

（速翻★本書 225 頁）

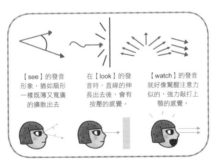

片語超好記

用圖畫表示一看就懂的重要片語，學片語不用死背。

（速翻★本書 295 頁）

目錄 Contents

Chapter 05 活用英文的時態 ...155

Chapter 06 **非限定動詞** ...171

了解英文，
從轉換想法開始

英語的基本句型其實很簡單！

相信絕大多數的人，都會很羨慕那些對英文有天份或是能說出一口流利英語的人。尤其是那些已用盡全力去學習，卻仍是無法對英文培養出信心，或無法提升能力的人。

情況雖然如此，其實倒也不必太過擔心。因為事實上，英文絕對不是非常難學的語言。尤其是在閱讀完這本書之後，大家肯定會更加了解。

請大家試著回想看看：你到現在為止，在學習英文的過程中，是否會有「為什麼一定要用這種方式寫英文？」、「為什麼就不能這樣講呢？」諸如此類的疑問呢？不過以往得到的答案總是「不知道就背下來吧！」或是「本來就是這樣用啊！」，而我們也不能總是聽到這樣的回答，就心生不滿或是退縮，因為其實真正的問題，就在於沒有確切的學習方法，讓自修英文變得更簡單、更容易懂。

遊學無法根除學英文的困擾

如果各位已經學了多年的英語，但還是對英文沒什麼自信的話，很可能就是學習方法出了問題。例如，隔天起床後，就記不起任何前一晚熬夜背誦的文法或單字；之所以會反覆困在這種惡性循環之中，就是因為你想用死背的方式趕快把英文記起來，結果造成了負面效果。

另外要提醒的，是有些自認為英文程度不錯的人，你是不是會在某些時候突然對自己的英文表達能力產生懷疑呢？例如，想要表達一件事情時，突然「碰壁」了，不敢確定「我可以這樣說嗎？」、「這樣會不會講錯了呢？」等等，諸多的困擾讓人感到相當疑惑，最後只能抱著一絲絲希望，飛奔到補習班去上課，卻依然無法找到有效的的學習方法，就這樣反覆地賠上時間和金錢，試過各種不同的方法，甚至想到要去國外遊學，但是遊學根本無法解決學習的困擾。

那麼，**學習英語到底有沒有更好的方法呢？**其實或許只要換個角度想，就能找出一些線索。我們不妨先回到古代文明時期，想像我們正處在這個時代，沒有特殊的語言背景可以表達彼此的心聲。雖然已有了能夠傳達基本思想的聲音（或是信號）體系，但這不足以完整表達出對抗敵人的攻擊對策，或狩獵猛獸時需要的共同策略。只能試著用各種不同的身體姿勢來表達，卻也不足於傳遞完整的訊息，到底我們要怎麼做，才能解決這個謎題呢？也許有人會在這個時候，突然拿一根樹枝，開始往地上連續畫好幾個圖案，再加上一些身體姿勢，就能描述相當具體的想法。

圖畫就是語言的祖先！

可是，如果每次想要表達訊息時，都要大費周章地畫出一張又一張的圖畫，實在是太不方便了，所以後來就逐步發展出簡化的各種圖案，進而演變成文字的形態。例如：古代文明的發祥地美索不達米亞平原使用的「楔形文字」；以及中國黃河流域所使用的「象形文字」。

當我們把這種圖形文字的概念應用在英語學習上，我們會驚喜地發現，原來這麼輕易就能夠掌握英語的原理和表現方式，因此不難想像，英語也是由最初簡單的形式，發展成後來完整的結構。因為，文字都是由用來投射日常生活的各種動作或狀態的圖樣，逐漸發展演化而成的。

即使我們大部分的人已經有長期學習英語的經驗，但終究還是無法擺脫錯綜複雜的民族情結。原因是我們在學習英語的過程中，習慣用母語的思考邏輯去解讀英文，而且一直以為「**一定要用特別一點的方法，才能克服學習外語時的各種障礙**」，諸如此類的觀念反而成了學習英文最大的障礙。

何不回歸自然呢？在最初，人們就是透過圖像的辨識，用最簡單易懂的方法去解讀和使用英語，所以英文絕對不是「艱難又複雜的任務」，英文也可以是「簡單、易學又有趣的語言」。

所以，各位不要再為了一堆難懂的單字，拒看英文文章吧！不妨發揮你的想像力，試著用圖像的思考模式來體會一下句子裡的內容，這樣就能輕鬆地進入狀況了。

看懂圖畫，就能學會英語

這本書主要是應用「**圖像**」的原理，來介紹最**簡單、自然**的英語使用方法。

從現在起，大家要試著培養用最自然的思考模式畫出圖畫，並聯想英語單字的原意，從中學習怎麼運用最簡單易懂的方式，完整表達自己的想法，因此要熟練英語結構的分析及連接圖畫的方法。

其實到現在為止，英文單字一直被認為是由拼音符號所組成的。我們倒是建議大家可以運用「**圖像**」來簡化英文，因為即使是看似最難的片語，也能舉出很多簡單而具體的例子，透過生動的圖像表現，就能輕鬆了解其中的意義。

開始養成使用「**圖像**」的方式學習英語吧！現在，我們要練習將「我要寫一封信給愛麗絲」的文字內容，轉化為以下的圖像來解讀並記憶。

圖解

首先在下列的圖像中，從左到右的各個連接點上，一一貼上號碼，並按照順序填上最適當的單字。

圖解

I write a letter to Alice.
我寫一封信給愛麗絲。

把圖像轉換成單字後，竟然能夠變成結構完整的句子！現在就請大家分析一下，在這則圖像中，文意邏輯的運作模式。

我寫（寫什麼？）→ 我寫一封信（給誰？）
→ 我寫一封信給愛麗絲. (I write a letter to Alice.)

如果你想要表達「我將會寫一封信。」的意思，這麼寫的結果卻會變成「我寫一封信。」沒有詮釋出表示「意志」的未來情況，所以接下來，我們就要告訴大家，要怎麼樣才能正確表達出未來式的情況。

其實這一點都不困難，因為就好像每個動詞都有過去式，我們只要把動

詞變成過去式，就能表達過去時態。同樣的，把適當的助動詞放在動詞前，隨助動詞的變化，就可以表達未來時態，甚至當時的心理狀態。

 ## 表達心理狀況和未來的助動詞用法

will	將要去做～	⇨	意向的未來：指堅定的未來意志。
shall	會去做～	⇨	單純的未來：指不確定的未來意志。
can	可以做～	⇨	可能性：表達可以做到的語意。
may	可能會去做～	⇨	推測：表現不確定的語意。
must	一定要去做～	⇨	強制：表達義務。

以下是使用助動詞表達意向的簡單例句分析：

- I write a letter to Alice.
  我寫一封信給愛麗絲。
  解說 這句話是按照圖像中的英文單字順序排列而成的。

- I wrote a letter to Alice.
  我寫了一封信給愛麗絲。
  解說 wrote 是 write 的過去式。

- I will write a letter to Alice.
  我將要寫一封信給愛麗絲。
  解說 will 放在動詞之前，表示堅定的未來意志。

- I can write a letter to Alice.
  我可以寫信給愛麗絲。
  解說 can 放在動詞之前，表示可能性。

現在大家能夠了解到，想要從圖像中造出來的句子裡，加入更生動的內容時，該要用什麼方法了吧！

動詞搭配不同的助動詞時，會有不同的功用

助動詞		原形動詞		解釋
will	＋	write	⇨	將會寫（寫＋堅定的未來意志）
can	＋	write	⇨	可以寫（寫＋可能性）
may	＋	write	⇨	可能會寫（寫＋推測）
must	＋	write	⇨	必須寫（寫＋義務）
shall	＋	write	⇨	會寫（寫＋單純的未來）

　　至於更詳細的助動詞用法，將會在後面的章節陸續做討論。現在要請各位先了解的一點是，英文也可以只利用最簡單的句型結構，輕鬆表現出空間、時間及心理的狀態。

　　例如 "I got the picture." 這個句子，若直接按照單字的表面意思去翻譯，很可能會譯成「我想到那個畫面。」但正確的翻譯是「我已全盤了解狀況。」也就是說，在英文裡，**會以「畫面（picture）」的單字，表達另一種「狀況」**，這就是在英文文章中，圖像式思考模式最被廣泛使用的一個最佳例證。

簡單的
英語表達方法

運用圖像原理，解讀英文！

UNIT 03

　　運用「**圖像**」原理，可輕鬆掌握英文的表達方式；以「**圖像**」思考的模式，就能充分掌握英文單字的順序與句子所要表達的意思之間的關係。

1 運用「**圖像**」的思考模式，完成基本的直述句。

圖解

1. Charlie（查理）

2. eat（吃）

3. boiled rice（米飯）

Charlie eats boiled rice. 查理吃飯。

英文句子按照圖像的字序，分配各單字的適當位置。

下列例句為改變單字順序的句子，請做比較：

Eats boiled rice Charlie.

吃　　米飯　　查理

<u>Eats Charlie boiled rice.</u>

　吃　　查理　　米飯

<u>Boiled rice eats Charlie.</u>

　米飯　　吃　　查理

<u>Charlie boiled rice eats.</u>

　查理　　米飯　　吃

當英文句型裡的單字順序改變時，就無法正確顯示整句話真正要表達的意思。

2 運用「圖像」的思考模式，使一般句子轉換為疑問句。

圖解

He is a doctor. 他是醫生。

→ Is he a doctor? 他是醫生嗎？

解說　be 動詞的意思是「是」，相當於圖中的等號「＝」，直述句改成疑問句的方法就是直接把 be 動詞移到主詞前面，可以想像成當等號「＝」遭受到質疑，就要移開，然後留在我們腦海裡的畫面，就會只剩下「他」與「醫生」兩者。這個文法概念，只看文字常會混淆在一起，不過直接透過圖像的理解，我們就比較不容易混淆。

He is on the roof.　他在屋頂上。

解說 be 動詞的意思是「是」，相當於圖中的等號「＝」，當等號遭到質疑（直述句改成疑問句）就直接把 be 動詞移到主詞前面，之後兩者的圖像仍可以自然的合而為一，在意思傳達上，也不會造成混亂。

→ **Is he on the roof?**
他在屋頂上嗎？

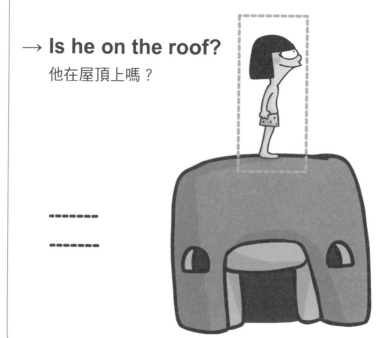

在沒有像 who、what 等的疑問詞疑問句中，動詞是 be 動詞或一般動詞，以及助動詞的有無會產生種種形態的變化，但基本原理是，當為了造疑問句而把動詞移到前面時，不能破壞圖像所要傳達的意念。

以 be 動詞的情況為例，一般為了形成疑問句型，be 動詞就會被移到句子的最前面。從前面圖像原理中可知，這樣做是絕對不會在傳達原先的意義上造成混亂。但如果把一般動詞移到前面會怎樣呢？請看以下圖解。

圖解

She kicks a ball.　　(×) Kicks she a ball?

她踢球。

把 "kicks" 移到前面時

解說 在使用一般動詞的情形下，把動詞直接移到句子的最前面時，在圖像原理的應用上，就會造成無法傳達原意的困擾。

Does + → (○) **Does she kick a ball?**

她踢球嗎？

解說 為了圖像的完整，保留敘述順序「主詞＋動詞＋～」的完整性。

在上頁的圖像中，把助動詞置於疑問句裡，在意義傳達上，助動詞和動詞不會造成衝突。

助動詞 do 代表「做～」的意義，be 動詞則含有「是～；有～」的意思，基本上助動詞 do 可以代表所有動詞的意義，包括「走～；吃～；踢～；看～」。而在使用其他助動詞如 will（將要～）、can（可以～）、may（可能～）的句型結構時，也是一樣的道理。

在所有的圖像構成中，助動詞不是必要的因素，即使將助動詞移到前面，圖像的後半部分，仍不會有所謂意義傳達的困擾。

圖解

She can kick a ball.→ Can she kick a ball?

Can +　　　+?

她會踢球。　　　　　　　　　　她會踢球嗎？

UNIT 04 介系詞的使用方法

大部分的介系詞是用來表示「**動作的方向和地點**」、或連接特定的兩個對象、或與動詞一起使用，用以描述多樣的動作。

介系詞有時也會扮演副詞的角色，不過在文法上也不必硬性區分詞性，因為在文法的區分上，只不過是語言學者在「分析文章時，發現它多具有副詞的角色」，如此而已。

同樣的，當我們在用母語溝通時，只是自由自在的活用各種不同意義的單字，根本不會去管「那個字是什麼詞性」？所以，倒是建議大家不一定要特別去細分各類型單字的詞類源由。

圖解

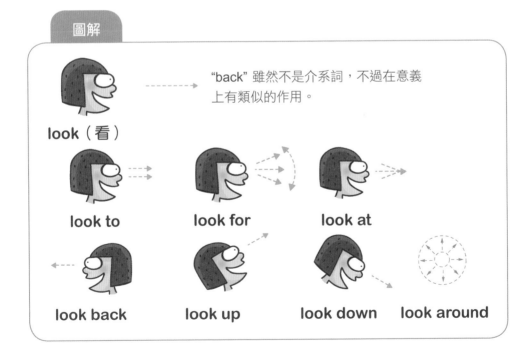

"back" 雖然不是介系詞，不過在意義上有類似的作用。

look（看）

look to　　look for　　look at

look back　　look up　　look down　　look around

那麼我們現在就不要去理會那些複雜的詞性了！透過自由自在的思考模式，讓我們先來了解介系詞在英文當中，到底是怎麼被使用的。（各種介系詞的具體用法，請參考第 4 章）

英文的各種動詞只能夠表現出單純的動作，不過如果將動詞和介系詞配合使用，就能夠表達出更豐富的意思，例如：說明動作的方向和地點。

以下舉出 "look" 為例：這個動詞基本含義為「看」的意思，不過與各種不同的介系詞混合後，就會產生各種不同的語意變化。

- look after：照顧

- look around：到處尋找

- look at：注視

- look back： 往後看；回想

- look down：往下看

- look down on：輕視；看不起

- look for：尋找

- look forward to：期盼

- look to：注意；留心

- look out：往外看；小心

- look up：注視；查看

- look up to：尊敬

- look into：往裡面看；調查

當我們利用發音差異的特點，去理解介系詞的基本意義時，就會更加了解到：英文中的片語，功用是在幫助我們用更生動簡潔的方式，表達無法藉由單一字彙表示的具體或抽象語意。以下會舉幾個範例詳細地分析說明。

▶ give up：放棄

混合了「給」和「上面」兩種意義的單字，含有「往上給～」的表層意

義。以前在「上面」這個單字中，常意味著支配和階級。

　　事實上，給某位地位高的人某樣東西之後，想要再拿回來是不太可能的事情，所以這也意味著「獻給」；再更具體一點地說，無法按照一個人的意志去行動，此時就會延伸推論到「放棄」之意。

▶ look up to：尊敬

　　混合了「看」、「上面」、「往～方向」三層意思的單字。其字面上的意義是指「抬頭看某人」，也就是「仰望某人」，意味著景仰，如今延伸成為「尊敬」之意。

▶ look down on：輕視

　　混合了「看」、「往下」、「～的上面」三層意思的單字。其字面上的意義是「往下看著某人」，中文裡所說的「狗眼看人低」，這個諺語就完美表達了這個片語的真實意義。所以，「往下看」就包含了「鄙視某人」的象徵意義，如今衍生成為「輕視」之意。

「to＋原形動詞」v.s.「動詞＋ing」

　　動詞與名詞、代名詞、形容詞等其他詞性不同之處，在於動詞所能表達的內容，是在時間流動中進行的動作。動作也可能含有一些特別的意義，所以動詞在構成圖像的同時，也會呈現出「時間性」以及「目的性」的效果。

❶ 指示方向的 "to"，應用在「to＋原形動詞」的情況。

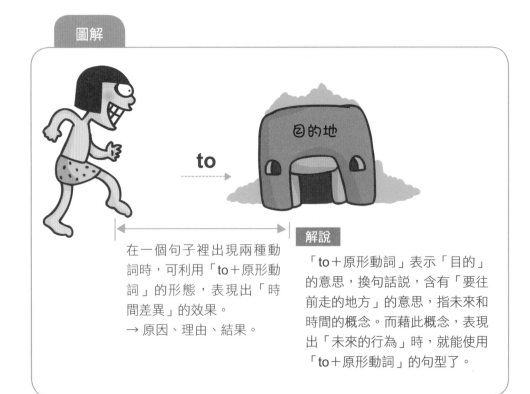

圖解

to

解說

在一個句子裡出現兩種動詞時，可利用「to＋原形動詞」的形態，表現出「時間差異」的效果。
→ 原因、理由、結果。

「to＋原形動詞」表示「目的」的意思，換句話說，含有「要往前走的地方」的意思，指未來和時間的概念。而藉此概念，表現出「未來的行為」時，就能使用「to＋原形動詞」的句型了。

　　只要能夠理解以上的圖像解說，就能輕易掌握並活用後面接「to 不定詞」的名詞、形容詞和副詞的用法，同時也能進一步了解，「to 不定詞」所引導的動詞使用法。（詳細內容，請參考本書第 6 章。）

❷ 把製造共鳴（持續性震動）的聲音 "ing" 放在動詞後面時，就能表達動詞的行為是「正在進行中的狀態」。

　　以動詞 go（去）為例：

圖解

go（去）＋ing

使用「動詞＋ing」來表示行為正在進行當中。→ 進行式

going（正在去）

過去的某個瞬間　　　　現在

使用「動詞＋ing」，作為進行式用法時，就能製造「在時間點上會往前移」的效果。

解說

在進行某一件事情的同時，又在進行第二件事情，就像左圖「一邊吃糖果、一邊走路」為例：「走」和「吃」這兩個動作同時進行，通常在這種情況下，為了顯現出兩種動詞正在同時進行，在前面作為背景畫面介紹的動詞部分就會在字尾加 ing。（即現在分詞）

Eating a lollipop, he walked to the market.

他一邊吃著棒棒糖，一邊往市場走過去。

只要能夠理解以上的圖像解說，相信大家就能輕易掌握並活用進行式、動名詞和現在分詞（「原形動詞＋ing」的形態，可當做形容詞或副詞）的用法，同時也能理解引導動名詞的動詞用法。（詳細內容，請參考本書第 6 章。）

❸ 用發 "ing" 的音時，舌頭與空氣之間相互震動所產生的共鳴現象來了解其意義。

圖解

in 的發音　　　　　　ing 的發音

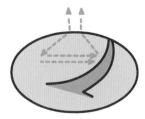 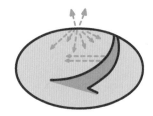 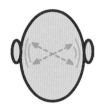

解說

在發 in 的音時，因舌頭震動的位置，擋住空氣往前衝，因此空氣反而直接往口腔內反射。此時若反覆發介系詞 in「裡面；往裡面」的音時，就會發現彷彿發音時空氣的流動位置就正好在裡面。這種感覺與 "in" 本身的意義「裡面；往裡面」感覺很相似。

解說

在發 "ing" 的音時，會產生持續性反射的空氣流動，擴展到口腔兩旁，並往外方向衝。這時會連續刺激到耳朵，進而引起共鳴現象。這種連續刺激可以聯想到 "ing" 本身即有「連續」的意義。

UNIT 06 運用發音，輕鬆記單字

因為英語不是我們的母語，所以如果不持續使用，時間一久就一定會忘光光。也因為如此，到現在為止，坊間出現太多種千奇百怪的背單字祕方。不過，這些方法要用來記住有規則邏輯的單字，倒還可以應付；但若是要牢記那些有著不規則形式的英文單字，還真的是有點吃力呢！

不過，其實只要找出對自己來說最自然的記憶方式，這就是一種記單字的祕訣，因為能將單字輕鬆記下來，已經背過的單字也不容易被遺忘。**如果把英文單字的發音，轉化成為圖像，這也是一個熟記單字意義的好方法！**使用這個方法，不僅能熟記單字，連單字最原始的意義，也能自然而然的記起來。當然也有可能因此會碰上許多意義類似的單字，而感到混亂；不過事實上，透過圖像記憶，也比較容易區分、了解單字在不同意義上的差異。

現在就讓我們來探索一下，運用「發音」來找出，與單字意義有關聯的圖像畫法吧！

利用發音做聯想，單字輕鬆記

英文字母是代表「聲音」的語音象徵，字母記錄了英語的基本聲音，若了解聲音，想要用字母串聯成一個單字就不是那麼困難。因此要熟記一個單字時，若能從單字的發音，聯想到與其意義有相關聯的圖像，那就能輕易背熟單字了。

那麼到底要用什麼方法，才能從單字的發音（聲音）中，畫出有關的聯想圖呢？

當我們在發出每個單字的音時，都會製造出不同的的空氣流動方向，口腔構造也會出現不同的變化，如果我們能順利找出與其有關的聯想圖畫，就能輕鬆記憶單字。

英文只有 26 個字母，但是經過組合排列，會製造出無數個不同的發聲組

合。按照空氣的流動方向，與發聲器官（舌、嘴唇等）的運作狀態，以這些不同的組合模式，聯想各種可能的圖像，只要利用不同的發音，就能隨時創造出不同的聯想組合。

初步了解上述概念後，請大家試著去感覺一下在英文的發聲中，經過各種不同的聲音相互串聯後，你能夠畫出多少聯想圖像？同時也能感覺一下，在發音時口腔空氣近乎要爆裂開來的膨脹或擴增感所引起的份量、軟硬度等真實感受。

遠古辯義理論，至今仍無通則

透過單字在發聲時，能畫出單字意義的理論，可是由率先應用字母、也是西方文明的原產地——古代希臘人所提出來的想法呢！不過很可惜的是，他們只有感覺到此理論的可行性，並沒有提出既合理又具體的說明，所以至今人們仍無法相信古代希臘人所提出來的這種推論。

不過實際上，我們在背單字時，只要經過仔細觀察就不難發現到，單字的發音既然與其意義有相當類似之處，那麼就讓我們透過幾個含有相對意義的單字組合，一起來探索一下，它們究竟為什麼會給人這樣的感覺？

現在我們來探討這些單字的發音：go（去）、come（來）、up（往上）、down（往下）、high（高的）、low（低的）。

在發 go 的音時，你會發現口腔與嘴唇形成往前推的狀態，go 的發音就是把空氣從嘴裡往外推出去；而在發 come 的音時，你會把嘴巴閣起來，同時往內嚥下空氣，剛好跟 go 的發音方式相反。

在發 up 的音時，空氣被迫往上推出去；而發 down 的音時，必須運用到空氣和舌頭，整個口腔結構是往下壓的狀態。

再舉一個例子。在發 high 的音時，上顎需抬起，並往上推出空氣；而發 low 的音時，則會形成空氣往下流動的狀態。

相信現在大家應該都已經充分了解，單字的意義和發音之間所產生的奧妙關係了吧？這就是運用英文發音中形成的獨特現象，進而產生聯想的原理。把此原理應用於難度較高的單字上時，不妨慢慢觀察並試著感覺，在單字的發音時，所產生的空氣流向和舌頭的動作，對記憶單字會很有幫助。

以下用幾個單字舉例，如何運用發音時口腔結構的狀態，來聯想記憶單字。

▶ **tornado：龍捲風**

空氣和舌頭在口腔裡面互相輪流震動，形成一股類似「龍捲風」的效果，在口腔裡持續著捲曲的形象。多唸幾次，一邊試著想像，發音和字義是不是同時記住了呢？

圖解

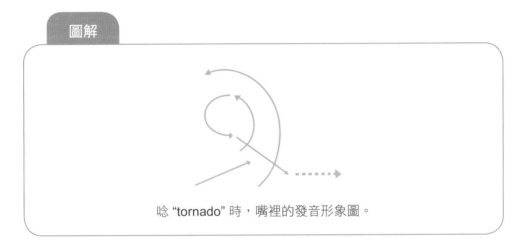

唸 "tornado" 時，嘴裡的發音形象圖。

▶ **twist：扭曲；旋轉**

口腔裡空氣的流動相互糾結著，形成「扭曲」的形象。多唸幾次，口腔裡「扭曲」的感覺是不是愈來愈強烈了呢？

圖解

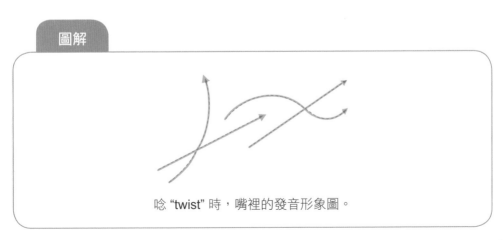

唸 "twist" 時，嘴裡的發音形象圖。

▶ contingency：偶然事件，意外事故

　　在發前面 "con-" 的音時，舌頭會擋住從嘴巴深處推上來的空氣；到了發中間 "-tingen-" 的部分時，空氣則開始到處找縫隙，想要往外衝出去；最後在發 "-cy" 的部分時，空氣終於找到縫隙鑽出去。這就是以圖像說明「偶然事件」的單字意義，它不僅能夠有效發揮圖像聯想思考模式，更能快速理解單字的深層意義，當然也能讓你輕鬆熟記這個難度較高的單字囉。

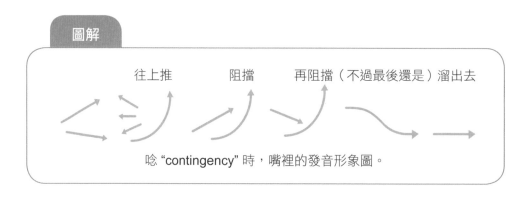

圖解

往上推　　　阻擋　　　再阻擋（不過最後還是）溜出去

唸 "contingency" 時，嘴裡的發音形象圖。

　　在這裡當然無法列出所有單字的發音方式，並應用上述原理一一解說。不過我們會陸續針對一些題材加以討論。例如：「如何應用聲音形象，有效理解英文文法的原理？」或是「對於大部分常使用的單字，仍然感到混淆時，要如何克服？」以及進一步運用聲音形象，解說上述原理的應用方法。想要充分了解上述原理，大家必定要深入學習每個字母的聲音特色，只要運用最基本的原理，就能快速記住相當多的單字喔！

運用圖像原理，
了解英語句型！

運用圖像記憶，創造簡單句型

時至今日，人類雖已發現了遺傳學，卻還是無法充分了解英語的正確起源，因此，也無法進一步探討英文句型的順序。不過，只要仔細研究文字的誕生過程，仍可找出英文句型的結構原理。

在古代文明的發源地，大部分的文字是由圖畫轉化而成的。不過在交流資訊越顯多元和頻繁的時候，單純只用圖像傳遞意思，實在是無法順利達成溝通的目的。因此，才會把圖畫單純化後，製作成固定形態的組合記號，成為可以互相表達的依據，在此環境之下，逐步發展出象形文字或楔形文字。

依循自然思維模式，創造句型

英語字母其實是由腓尼基人所創，他們應用美索不達米亞的楔形文字和埃及的象形文字，研究出標音方法後，流傳到希臘國家時，再進一步發展出來。雖然有關英語的起源，現今仍存有很多不同的說法，但是我們卻能從圖畫模式和其表現方法的實際應用中，進一步了解到英語的原理，其實就是由圖像思維中，發展延伸出來的。

若想要立即用簡單英語表達自己的想法時，**直接照著最自然思維的流動模式畫出圖畫，再把它轉化為句型，就可大功告成了**。就像是海綿快速吸收水分，只需短時間的練習，就能快速熟悉既自然又多元的英語表達方式，接下來就能熟練地應用基本句型，並加以多元變化，相信這麼一來，大家就必定能在學習英文的過程中，重新找回自信。

現在讓我們來想像一下，自己身處於文字形成之前的古代時期，運用圖像原理，進一步探索英語的直述句「**主詞＋動詞**」的字序形成過程。

圖解

獵人

上面這個圖像是描述獵人好像在「扔東西」的動作，英文句型就是 "A hunter throws."，表示「獵人在扔東西」之意。大家可以透過此圖像，以最自然的理解方式，了解「**主詞＋動詞**」字序的形成過程。

但若是弄亂字序，變成「**動詞＋主詞**」時，與圖像部分顯示出來的順序就會不一樣，也就無法順利表達出正確的意思。因此，圖像成立的順序應該是「**獵人＋扔出**」，這樣才能自然而然的成為最適當的字序。

現在請大家觀察下列這個圖像：

圖解

A hunter throws a spear at a pig.
獵人　　　扔　　　矛　　往　　豬

"A hunter throws a spear at a pig." 是「獵人往豬身上扔矛」的意思，按照圖像進行的順序，自然的形成了一個完整的句型。我們可以運用圖像思維，依序畫出每一個進行中的動作，並在各個圖像中輸入符合原意的單字，這樣就能輕鬆完成句型。

下頁是以圖像不同、但內容相同的兩張圖像做分析比較。兩者之間的差異在於單字位置的變化，第一張圖是 "Charlie gave a book to Alice."，中文解釋為「查理送了一本書給愛麗絲。」第二張圖則是 "Charlie gave Alice a book." 中文解釋為「查理送給愛麗絲一本書。」如果把間接受詞 "Alice" 置於 "a book" 前，介系詞 to 就會被省略，但這兩句英文的意思其實是完全相同的。

圖解

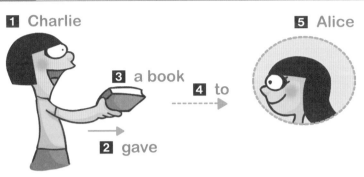

Charlie gave a book to Alice.

查理送了一本書給愛麗絲。

解說　當大家聽到「查理送了一本書…」這樣的句型時，一定會感到疑惑，因為猜不出來「到底送給誰了？」，也就是說，如果句子少了 "to Alice" 的部分，就會變成語焉不詳。

圖解

Charlie gave Alice a book.

查理送給愛麗絲一本書。

解說　當大家聽到「查理送給了愛麗絲…」這樣的句子時，好像也覺得少了什麼，因為句子漏掉了「送了什麼東西？」，這也會讓人一頭霧水。

再看以下這個圖像，只要依循思序，在各個圖像中輸入符合原意的單子，一個完整的句型就輕鬆完成了！

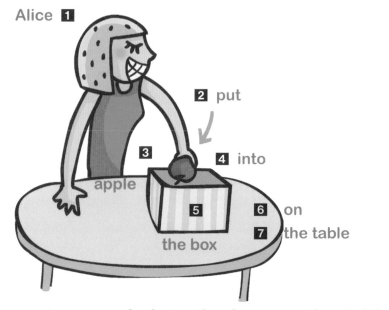

Alice put an apple into the box on the table.
1 **2** **3** **4** **5** **6** **7**

解說　沿著思序，排出圖像的位置，並輸入符合原意的單字，就能完成一個完整的句型了。

Alice put an apple into the box on the table.
愛麗絲把一顆蘋果放入在桌子上的盒子裡。

要用圖像描述一個特定對象時，自然就會顯示出主體性和具體性，什麼是「主體性」和「具體性」呢？

現在請大家透過以下的圖像，注意觀察英文句型是如何賦予事物主體性與具體性的吧！

- The chair has four legs.
  這張椅子有四隻椅腳。

圖解

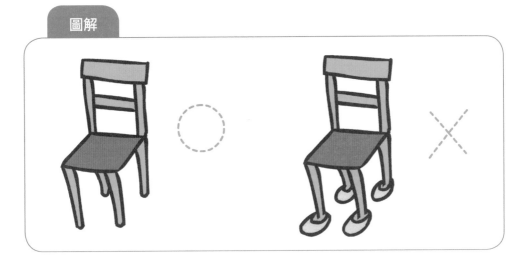

　　以古代人深信的泛靈信仰（animism）觀點來看，連無生命的椅子也和人類一樣，擁有「所有」的概念，因此在上面的圖示裡，椅子和人類一樣，擁「有」腿，這就是英語裡的「主體性」。

　　然而，中文裡明明是椅「腳」，為什麼英文裡是椅子的「腿（leg）」呢？這就是英文的「具體性」，請看上方的圖示說明。因為，以「具體」的外型而言，椅腳與人的腿外型更為相似，所以才使用「腿」（leg）這個單字。

　　在下列例句裡，也可以看出英語的「主體性」觀念。

- The tree has two big branches. 這棵樹有兩根大樹枝。

- The house has four rooms. 這間屋子有四個房間。

- A horse has four legs. 一匹馬有四條腿。

運用圖像表達，描述基本句型

現在，我們來透過圖像熟練英語敘述的表現方式吧！

❶ 當我們把「我很幸福！」的句型轉化為圖像時，多半會認為只要畫出一個笑臉就行了。然而經過更具邏輯的方式分析後，你會發現實際上「我」和「幸福」，竟還可以分成兩個圖畫。

圖解

I am happy. → **I ＋ am ＋ happy**

以上圖為例，加入 be 動詞後就會形成此圖像，但若省略了動詞，兩邊的圖像就會無法結合，造成語意模糊，這是與一般動詞有差別的原因所在。所以，兩個圖案之間的等號，作用就是連接人物和狀態之間的關係，例如，如果將「他」和「生氣」連接在一起，就可以表達「他很生氣。」的意思了。

❷ 我們來練習「我是國王！」的圖畫。

圖解

I am a king.　→　I ＋ am ＋ a king

　　原本只是一個圖像，卻分成了兩個。依照上例的圖像順序，依序寫下相對應的單字，就會造出「我是國王！」這個句子。

❸ 請練習寫出「他抓烏龜！」的英文句子。

圖解

　　依照圖像的次序，填入適當的單字，He＋catches＋a turtle.，正確答案就是 "He catches a turtle."

❹ 現在大家試著以畫圖的方式，寫出「她喜歡蘋果。」的英文句子。

同樣的，按照圖像次序，依序填入英文單字，就會出現 "She likes an apple." 這個句子。

❺ 請練習寫出「蜜蜂喜歡蜂蜜。」的英文句子。

跟之前的步驟一樣，依照圖像次序，填入英文單字，就變成了 "A bee loves honey." 的句型。

❻ 請練習寫出「那位牧羊人送一隻羊給辛蒂。」的英文句子。

圖解

1 The shepherd

5 Cindy

2 gives **3** a goat

4 to

The shepherd gives a goat to Cindy.
1　　　　**2**　　**3**　**4**　**5**

當你聽到「那位牧羊人送了一隻羊。」這句話時，是否會不自覺地想進一步追問「到底是送給誰？」進而想去了解，動作的進行方向是如何？對象是誰？這時，仍是只要按照最原始的思維模式，把圖畫照順序連接起來後，就能完成這個句子了。

- The shepherd gives a goat to Cindy.
  那位牧羊人送一隻羊給辛蒂。

►► 在使用授予動詞時，請參照以下情況：

當 give, offer, lead, lend, buy 等單字，把間接受詞 Cindy（主詞心中所想針對的對象）置於直接受詞 a goat（主詞所做動作的直接接受對象）後面時，將轉變為「**介系詞＋受詞**」的形式，如此一來就會形成副詞片語。此時，介系詞大多使用 to，不過，隨著搭配動詞的不同，也有可能會使用 for 或 of。

❼ 把「那位牧羊人送給辛蒂一隻羊。」這個句子，轉化成另一種形式。

圖解

1 The shepherd　**3** Cindy　**2** gives　**4** a goat

The shepherd gives Cindy a goat.
　　1　　　　　　**2**　　　**3**　　　**4**

當聽到「那位牧羊人送給辛蒂…」的句型時，你會不自覺地產生「到底是給了什麼東西呢？」的疑惑，問題的解答就是直接受詞 "a goat"。這時，按照圖畫裡的順序連接每個單字後，便能造出正確的句子。

- The shepherd gives Cindy a goat.
  那位牧羊人送給辛蒂一隻羊。

請大家注意，當授予動詞 give, offer, lead, lend, buy 等單字，後面連接了兩個受詞（直接受詞和間接受詞）時，就像上述例句一樣，**間接受詞放在直接受詞的前面時，不需再加入介系詞**。

❽ 請將「查理為愛麗絲做一個娃娃。」這個句子，轉化為圖像表示。

圖解

1 Charlie   **5** Alice

a doll

4 for

3
2

makes

Charlie makes a doll for Alice.
 1   **2**   **3**   **4**   **5**

解說 　此時 for 含有「為了～」的意義，就像是 "to" 一樣，是指示方向的介系詞。

透過圖像排列後，就會造出 "Charlie makes a doll for Alice." 的完整句子，也就是「查理為愛麗絲做一個娃娃。」這個句型說明了「做娃娃是為了要送給愛麗絲」，因此也可以翻譯為「查理幫愛麗絲做一個娃娃。」

- I made this sculpture for you.
  我為你做了這個雕刻。

  解說 為了要送禮物給情人，我親自做了雕刻品。

- Your mommy will make a doll for you.
  媽媽會做一個娃娃給你。

  解說 小孩嚷著要買娃娃，此時爸爸告訴小孩「媽媽會做娃娃給你。」

❾ 請試著寫出「魔法師把愛麗絲變成一隻青蛙。」的英文句子。

透過圖像排列後，就會變成 "A wizard makes Alice into a frog." 的句子，此時 into 含有「從外到內」的意義。就像上述例子，要描述<u>把某樣東西變化成另一種狀態時</u>，便可使用 "into" 這個介系詞。

- They make grape into wine in France.
  他們在法國使用葡萄來製作葡萄酒。

- He cut the cake into 8 pieces.
  他把蛋糕分切成八塊。

⑩ 請照圖畫順序，在「查理往牆壁的籃框方向投球。」的圖示中，填入適當的單字並完成句型。

圖解

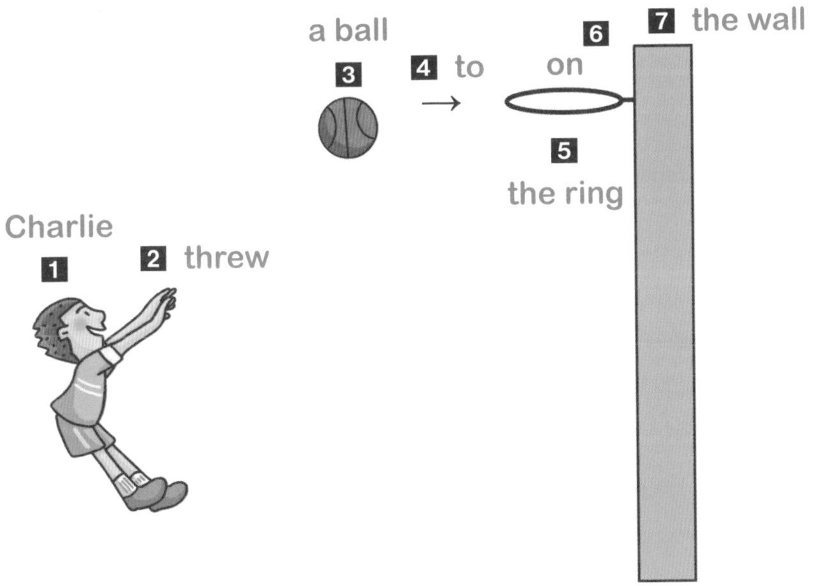

Charlie threw a ball to the ring on the wall.

1 2 3 4 5 6 7

到目前為止，我們已經練習過好幾個較簡單的句子了；現在，請大家開始試著寫出複雜一點的句子吧！

若要寫出較複雜的句型時，首先要將主要內容的句型寫好，再一一加入附屬內容，此種方式普遍使用於英文的用法裡。

⑪ 分析「莎莉用夾子，從很燙的爐子上夾起了馬鈴薯。」的句型。

圖解

Sally picked up the potato on the hot stove with tongs.

1 Sally
2 picked up
3 the potato
4 on
5 the hot stove
6 with
7 tongs

1　2　3　4　5　6　7

————————— 主要內容 —————————｜　└ 附屬內容 ┘

解說　先以主要內容構成簡單的完整句子後，必要時再一一加入附屬內容
（副詞片語）。

grammar tip

有關 with 的用法

with 可以解釋為「和～在一起」、「用～」、「帶著～」等多種意義，不過不要
死記它的中文解釋。中文裡對於「對象」部分會做出主觀性的區分，所以會細分
為「與（同事）在一起」、「帶著（小孩）」、「拿著（東西）」等說法；相較
之下，英文是比較客觀的，只要簡單地運用圖像來理解句型，不管是「和～在一
起」、「帶著～」、「拿著～」，一律都使用介系詞 with，完全不需要顧慮對象
的種類，是不是很方便呢？

⑫ 解析「查理抱著小孩去醫院。」的句型。

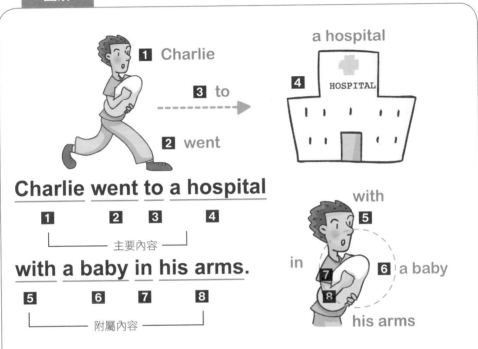

圖解

Charlie went to a hospital
　1　　　2　　3　　　4
┗━━━ 主要內容 ━━━┛

with a baby in his arms.
　5　　　6　　7　　　8
┗━━━ 附屬內容 ━━━┛

解說 與上述例子一樣，要先把主要內容句型完成後，之後再增添附屬內容。

○ grammar tip

用 with 描述次要內容

不管是「拿著～走／背著～走／扛著～走／抱著～走／抬著～走／握著～走」，只要是後面有帶著「～走」的內容，就得用介系詞 with 來表示「一起走」的情況。之後再從 with 之後附加要說明的內容，按照圖像順序造句即可，例如上圖的例句 "with + a baby + in + his arms"。

⑬ 解析「愛麗絲背著小孩去醫院。」的句型。

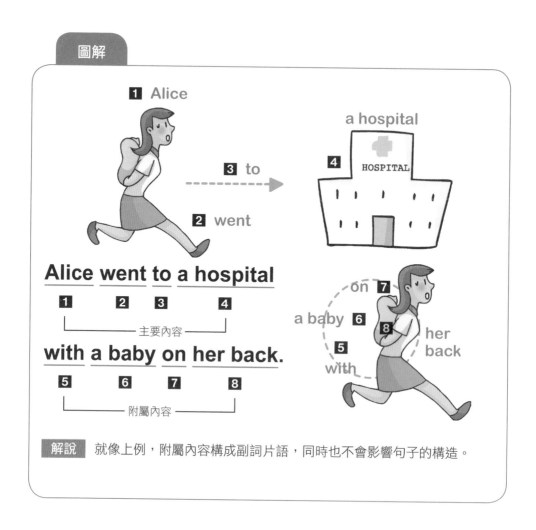

圖解

1 Alice

a hospital

3 to

4 HOSPITAL

2 went

Alice went to a hospital
  1　　 **2**　　 **3**　　　 **4**
　　　　───── 主要內容 ─────

on **7**

a baby **6**

8

her back

5

with

with a baby on her back.
  5　　　 **6**　　 **7**　　 **8**
　　　　───── 附屬內容 ─────

解說　就像上例，附屬內容構成副詞片語，同時也不會影響句子的構造。

背著小孩，也就是讓小孩「**與背部接觸**」之意，此時介系詞要使用 on。

⑭ 請使用動詞 carry 完成「查理帶著小孩去醫院。」這個句子。

圖解

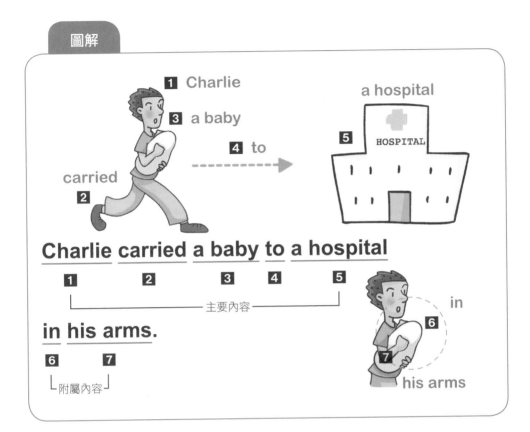

Charlie carried a baby to a hospital
　1　　　**2**　　　**3**　**4**　　**5**

├─────── 主要內容 ───────┤

in his arms.
6　　　**7**

└ 附屬內容 ┘

● grammar tip

本身就含有 with 意義的動詞

在使用動詞 go 的句型中，go（去）常與介系詞 to（往～方向）連接；然而，在動詞 carry（帶著）後面並不需要加上介系詞，因為 carry 本身就已經包含有 "with" 的意義，例如 "carry a baby"，就是「帶著小孩」的正確說法。所以，在句子後半部分只要再加上帶著走的狀態（in his arms）即可。

⑮ 解析「外面正在下雨。」的句型。

圖解

It is raining outside.

　　請以「待在家裡面的人」做為基本的畫面！首先，以在房子外面的天空，點出 "it" 代表句子的開端，之後再依序畫圖。我們可從那 "it" 開始畫出下雨的情景，接下來描述 "is raining"（正在下雨），最後再表現出 "outside"（外面）的情境，此時圖畫便已大功告成。連接單字之後，便會得出 "It is raining outside." 這個正確的句子。

　　"it" 是用來表示天氣的主詞，請見以下的例句。

* It is cold out here.
　外面蠻冷的。

* It will rain this afternoon.
　今天下午會下雨。

* It is getting dark.
　天空漸漸變暗了。

🐝 直述句的造句法

Step 1. 首先想好要表達的「情境」，接下來再把「主要對象」想好，就是句子的主詞。

Step 2. 之後依序確定「主詞」和「動詞」，就成為「主詞＋動詞」的基本句型形態。

Step 3. 現在照著最自然的思維流動，依序連接意義。

在英文當中，通常除了動詞之外，在其他構成句型的要素上很少有特殊變化（「人稱代名詞隨著主格、受格、所有格而變化」例外）。因此只要能夠在腦海中浮現圖畫，再依序排列單字，就能完成英文句型。換句話說，先畫好主要的內容後，再補充附加說明，依序排列造句就行了。

- He carries.
  他帶走了。→ 帶走什麼東西？

- He carries a bag.
  他把包包帶走了。→ 帶往哪個方向？

- He carries a bag to the airport.
  他把包包帶到機場。→ 用什麼方式帶走？

- He carries a bag to the airport by taxi.
  他帶著包包坐計程車去機場。→ 以什麼樣的狀態帶走？

- He carries a bag to the airport by taxi in a hurry.
  他匆忙帶著包包坐計程車去機場。→ 為什麼要帶走？

- He carries a bag to the airport by taxi in a hurry to give it (the bag) to his partner.
  他匆忙帶著包包坐計程車去機場，為了要把包包拿給伙伴。

像上述例子，運用圖像思維，先畫好一個主要的架構，再延伸出其他畫面，並適時搭配介系詞，就能一步一步地擴充內容。

UNIT 09 運用圖像原理，學會關係子句

當你告訴某人，「昨天我遇見他！」或是「我在公園遇見查理。」對方可能會進一步想要知道「遇見誰啊？」或者「在哪一個公園呢？」，那麼你就會補充說明，進一步詳述「在上一次約會中遇見的那一位啊！」或者「上週我們一起去野餐的那個公園啊！」，這就如同你詳細地敘述「我昨天遇見了上一次在約會中見過面的那個男人！」，或是「我在上週我們一起去野餐的公園裡，遇見了查理。」。

善用關係代名詞表明特定對象

當我們需要詳加說明句子中的「特定對象」時，在英語中會使用「關係代名詞」來連接。所謂關係代名詞的用法，就是當對某一個對象的資訊不太清楚、需要附加說明時，所扮演的連接角色，象徵特定對象的疑問時要用**疑問詞**，指示對象時則使用 **that** 就行了。

使用關係代名詞造句其實很簡單，**只要把疑問詞或 that，放在需要加入附加說明的對象後面，寫成附屬說明子句就完成了**。若在附屬子句中發現，與關係代名詞（疑問詞或 that）等，在意義上出現重複的地方時，甚至還可省略不用。

英文句型的構造，會以下列的次序完成：

Step 1. 傳達主要內容。

Step 2. 依序描述主要動詞到被連接的對象。

Step 3. 再開始說明細部情況和周圍環境。

請依照上列順序，運用圖像聯想造句法，試著完成以下的關係子句。

❶ 分析「我支付那小孩一美元，因為他向愛麗絲傳達我的消息。」的句型。

（首先將主要內容區分為圖片一和圖片二）

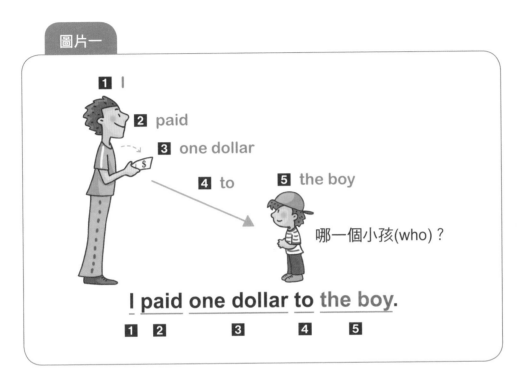

先前的句型結構裡，表達了「我付那個小孩一美元。」的基本句型，但是對於「那個小孩到底是誰呢？」產生不解的疑惑。若想要進一步了解，就必須另外補充有關「那個小孩」的附加資訊，因此被添加的內容就是「傳達我的消息給愛麗絲的那個小孩。」

現在透過圖像表示，試著完成附屬說明的句型部分。

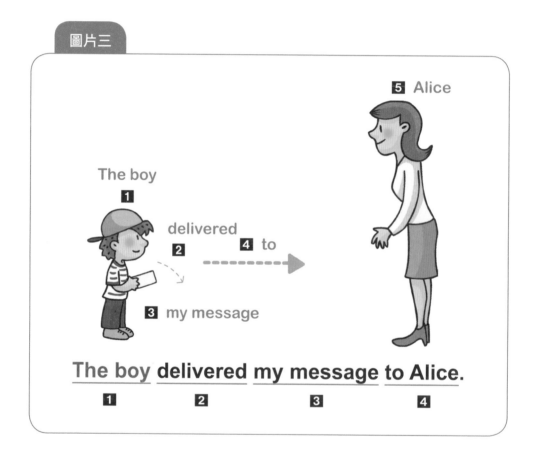

圖片三

5 Alice

The boy
1

delivered
2   **4** to

3 my message

The boy delivered my message to Alice.
  1   **2**   **3**   **4**

圖片三裡面出現的 the boy，是相同於圖片一、圖片二裡的 boy，現在將圖片一和圖片三放在一起，便形成了圖片四的句型結構。

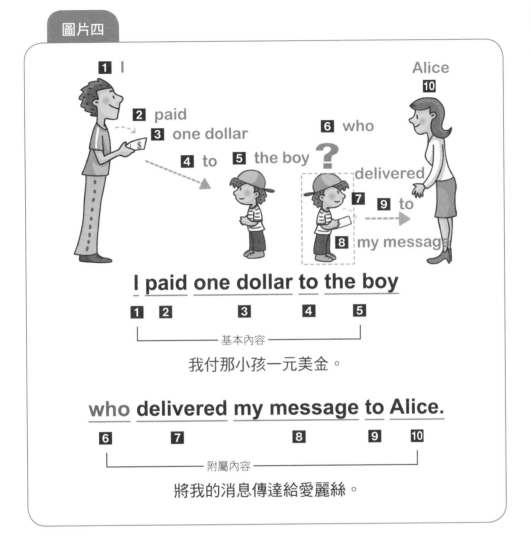

圖片四

I paid one dollar to the boy

基本內容

我付那小孩一元美金。

who delivered my message to Alice.

附屬內容

將我的消息傳達給愛麗絲。

　　圖片二和圖片三在結合後，便成了圖片五的內容，此時圖片四和圖片五在意義上不會有所變動。在基本句型裡，更換了間接受詞 "the boy" 和直接受詞 "one dollar" 的擺放位置，甚至添加附屬內容的句型結構，都不會受到任何影響。

I paid the boy one dollar
1 **2** **3** **4**

who delivered my message to Alice.
5 **6** **7** **8** **9**

grammar tip

利用關係代名詞的簡易造句法

① 先想好要表達的「內容」，再選定一個恰當的「主體」。此時從主體開始的部分，運用「圖像」聯想有關內容，並依序完成句型。

② 在完成的句型中，想要添加「附屬子句」時，從中找出需要「被說明的對象」，再加入關係代名詞（疑問詞或 that）來連接就行了。

③ 按照「圖序內容」，在關係代名詞的後面位置，加入附屬子句。

④ 在被連接起來的句型中，若發現與關係代名詞意義類似的單字時，就可直接省略。

❷ 解析「小大衛往手握刀的歌利亞身上扔石頭。」的句型。

首先,將「小大衛往歌利亞身上扔石頭。」的內容寫成基本句型。

圖解

接下來,再寫「手握刀的歌利亞。」這個附屬子句。

圖解

現在，請把兩個圖像內容合併成一個，句型就組合完成了！

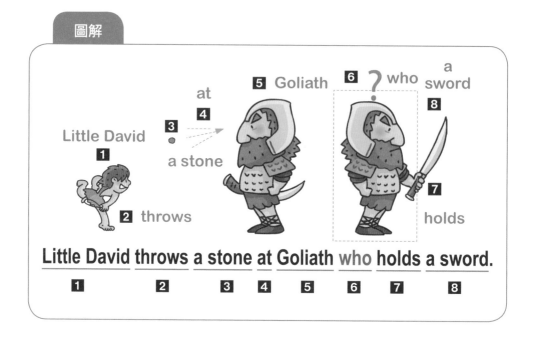

Little David throws a stone at Goliath. **+** He holds a sword.

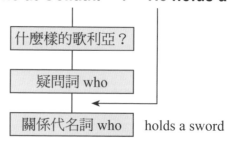

❸ 解析「查理愛那位長頭髮小姐。」的句型。

　　首先，請寫出「查理愛那位小姐。」的基本句型。

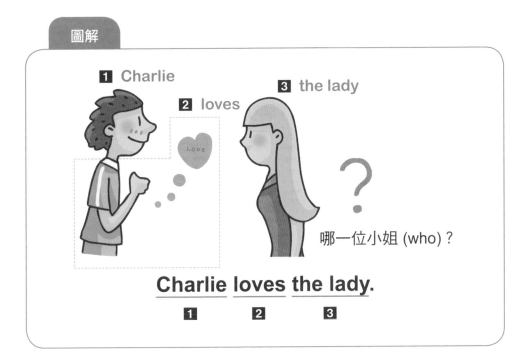

接下來，再添加附屬子句「她有長頭髮」或「她的頭髮很長」。

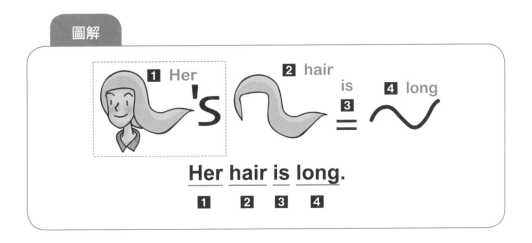

把兩個圖像內容連接在一起，便成為一個完整的句型。此時，下列句型中的 "her" 是所有格，關係代名詞 who 應改為所有格 whose。這樣就是一個完整的句子了！

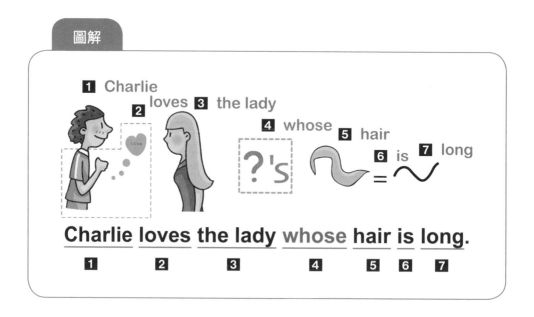

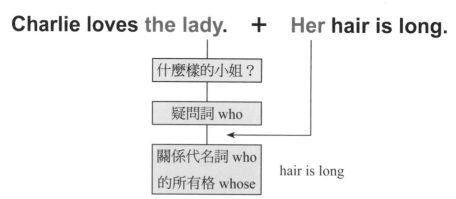

❹ 解析「我正在找一位在教會一起跳過舞的小姐。」的句型。

首先，將「我正在找一位小姐。」的內容，寫成基本句型。

I am looking for the girl.

接下來，再依序添加附屬子句「我在教會跟她一起跳舞。」

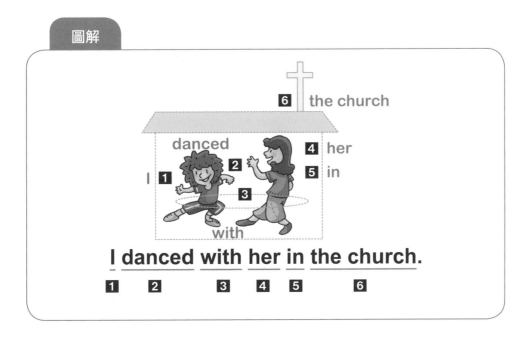

I danced with her in the church.

現在，請把兩個圖像合併成一個，句型就組合完成了！

I am looking for the girl who(m) I danced with in the church.

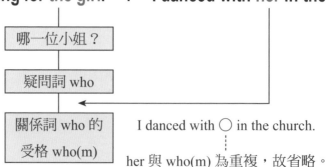

I am looking for the girl.　＋　I danced with her in the church.

哪一位小姐？

疑問詞 who

關係詞 who 的
受格 who(m)

I danced with ◯ in the church.

her 與 who(m) 為重複，故省略。

❺ 解析「他去了從前每個星期日都會去的地方。」的句型。

首先，將「他去了一個地方。」寫成基本句型。

圖解

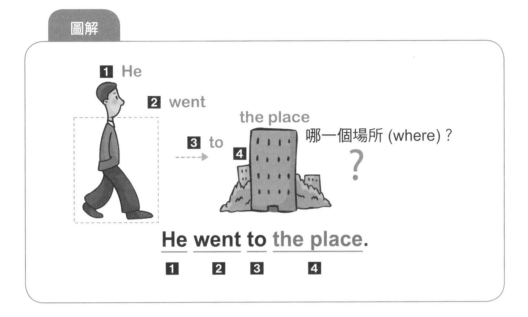

接下來，再添加附屬子句「從前每個星期日都會去的地方。」

圖解

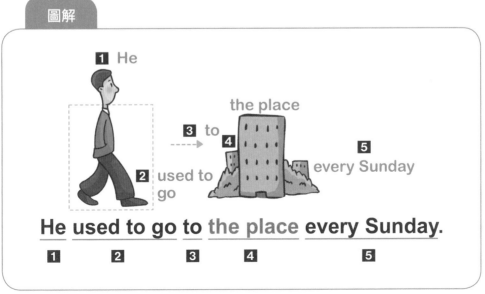

現在，請把兩個圖像串聯成一個完整的句型。

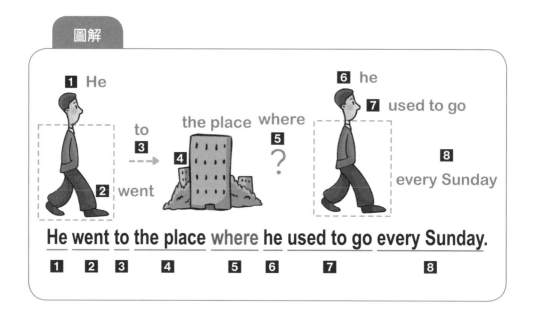

He went to the place. + He used to go to the place every Sunday.

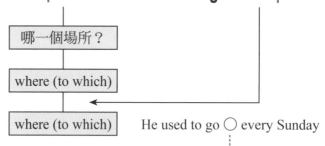

to the place 與 where (= to which) 的意義重複，故省略。

● grammar tip

關係代名詞的作用

下列圖畫裡的 here（這裡）以及 there（那裡），不僅可以用來指示場所，也包含了介系詞的概念。

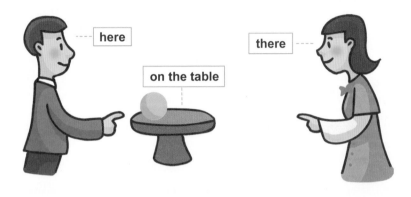

透過上述圖例，可以了解到 here, there, where 等字彙的表達中，包含了 on（上面）、under（下面）、in（裡面）等的介系詞概念，也就是指示「地點」的概念。

· Where did you put it? 你把它放在哪裡呢？
· I put it right here, on the table. 我把它放在這裡，就在這張桌子上。
　解說 意義上形成 where = here = on the table。

可從上述的例句中得知，P.69 的句型 "He went to the place where he used to go every Sunday." 裡的關係代名詞 "where"，就已經包含有 "to the place" 的含義，所以 where 在這裡不但具有關係代名詞的作用，也具有介系詞 "to" 的概念。

❻ 解析「這就是你對我所做的事。」的句型。

首先，寫出「這就是那件事。」的基本句型。

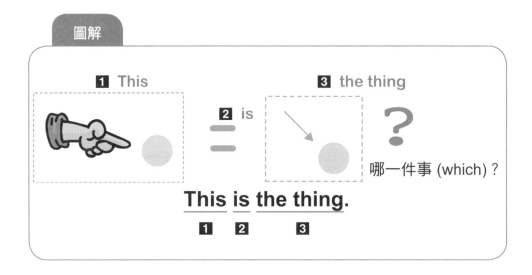

接下來，再添加附屬子句「你對我所做的事。」

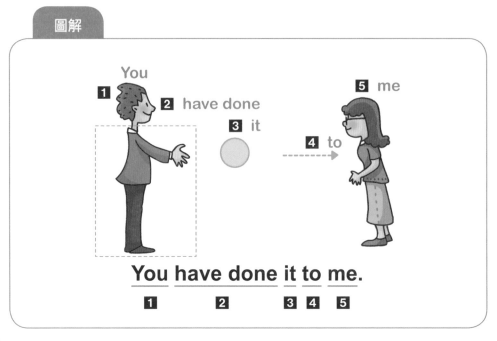

現在，請將兩個圖像串聯成一個之後，再用 "what" 替代 "the thing＋which"，就可以完成句型了！

圖解

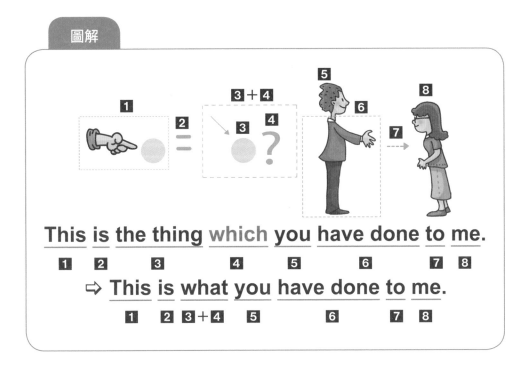

This is the thing which you have done to me.

➪ This is what you have done to me.

從上述例子中可以得知，結合了 "the thing" 和含有 which 意義的 "what"，可以代替 the thing which 和 the thing that 使用，如此一來也會讓句子變得更精簡。（詳細用法請見 P.75。）

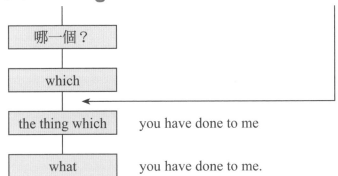

關係代名詞的用法

所謂的關係代名詞，就是在一個句型中，對於某對象發生疑問時，連接「某對象」與「被添加的附屬說明」之間的橋樑，也就是「特定對象的疑問標示」；既然是「疑問」的標示，所以關係代名詞都是使用疑問詞。下列為用來指示「人」的疑問詞 who 的例句：

· Alice is the student. + Our teacher likes her most.
　愛麗絲就是那位學生。我們的老師最喜歡她。

　把上述兩個句型連接後，就變成「愛麗絲是我們老師最喜歡的學生。」

解說
· Alice is the student. 愛麗絲就是那位學生。→ 那位學生是誰啊？
　　　　　　　　　　　+ Our teacher likes her most.

· Alice is the student whom our teacher likes ○ most.
　愛麗絲是我們老師最喜歡的學生。

　　　　　　　　　　her 與 who(m) 在意義上重複，故省略。

▶▶ 各種關係代名詞的使用情況：

who：想要了解「某一個人的資料或背景」時，所使用的疑問詞。
which：指示「一個物件或必須選擇性的指定一方」時，所使用的疑問詞。
what：「實體存在但無法確切指出對象」時，所使用的疑問詞。
how：指示「方法，程度」所使用的疑問詞。
where：指示「場所，地點」所使用的疑問詞。
when：指示「時間」所使用的疑問詞。
why：指示「理由，原因」所使用的疑問詞。

　　有些文法書的關係代名詞只限定在 who, which, whom, that，因為其他如 what, how, where, when, why, 等由疑問詞所引導的關係子句，都可以從 who, which, whom, that 此四個關係代名詞與其他詞結合推演而來，但這種理解方式反而更複雜，直接以「要補充什麼樣的疑問，就使用什麼樣的疑問句」來理解比較簡單。

grammar tip

關係代名詞 what 的用法

what 這個關係代名詞意指「有大概的實體,但無法給予明確定論的對象」。使用關係代名詞 what 時,因為無法清楚界定先行詞的實體,故前面不放先行詞;再者,what 在意義上相當於 "the thing that",既然 what 本身的意義已經包含了先行詞,也就不需要在前面加上其他先行詞了。

那麼,當我們要描述範圍無法明確界定的對象時,就可以利用 "This is what..." 的句型來做進一步的描述。熟悉 what 的用法之後,你就會發現,what 同時身兼先行詞和關係代名詞的功用,真是一個非常好用的字彙!請參考以下的例句:

· What are you?
  你是誰?/你是做什麼的?

· This is what we are talking about.
  這就是我們正在討論的話題。

· This is what we call English.
  這就是我們所謂的英文。/這就是英文。

· You can do what you can do.
  你可以做你能勝任的事。

· I can tell you what (it is).
  我可以告訴你那是什麼。

· A man has got to do what a man has got to do.
  人就是要做好該做的事。

▶▶ 圖像聯想練習

請將下列中文句子的內容，轉化為圖像聯想；再按照圖畫順序，填入適當的單字並完成整個句型。如果句子比較長，別忘了先完成「基本句型」，再添加「附屬子句」的祕訣。

· 我接住了約翰投給我的球。
  ⇨ I caught the ball **which** was thrown to me by John.
  解說 關係代名詞 which 在這裡代表 "the ball"。

· 他去了從前每個星期日都會去的地方。
  ⇨ He went to the place **where (to which)** he used to go every Sunday.
  解說 關係代名詞 where 在這裡代表 "the place"，也可以用 to which 來替代 where。

· 我想要和那位身穿紅色禮服的女孩跳舞。
  ⇨ I want to dance with the girl **in** red dress。

· 明天早上我要打網球。
  ⇨ I will play tennis tomorrow morning.

· 他們以為我偷了鑽石，但是我沒有（偷走它）。
  ⇨ They believe **that** I stole the jewel, but I didn't (steal it).
  解說 that 連接了主要子句 "They believe..." 和從屬子句 "I stole..."。

運用圖像原理，完成疑問句

　　當我們對於各種不同的對象或狀況感到疑問時，應該要如何選擇正確的疑問詞呢？

　　請看以下的例句分析：

· **To have a pet, Kay and Mary caught a rabbit in the forest by setting**
　　 why 　　　　 who 　　　 true? 　　 what 　　　 where 　　　 how

a trap yesterday.
　　　　 when

凱和瑪麗為了養一隻寵物，昨天在森林裡設下陷阱，抓到了一隻兔子。

　　大家可以透過上述的例句，了解到構成句型的「5W＋1H」元素。每一個部分都可以是疑問詞的對象，也可以加入另一個關係詞，進一步說明某些細節。因此，所有構成句型的元素，都可以說是疑問的對象。

　　透過圖像來聯想句型的話，大家或許已經注意到，主詞的存在對圖像結構的完整性很重要；換句話說，如果不知道主詞，那麼連帶主詞所引起的動作也會受到影響，因此也就不可能用圖像聯想的方式完成句型。

　　但是，如果能確定主詞，即使在其他部分出現不清楚的訊息時，只要先把不確定的部分空下來，先完成局部的圖像聯想，也能傳達出重要的資訊。

　　因此建議大家，在把圖像聯想應用在解析英語句子的時候，首先要判定究竟是「不確定主詞」，還是「不確定句子的其他部分」，才能順利進行下一步動作。

　　在學習疑問句型之前，就不能不介紹疑問句的兩大要素：be 動詞和助動詞 do。就讓我們先來深入了解 be 動詞和助動詞 do 的用法吧！

那麼，請先熟練以下用圖像所探討的 be 動詞和助動詞 do 的概念後，再來學習如何造出疑問句型會更有效率。

解說　be 動詞代表「有、是」的意義，意味著「存在」或是「等於」的概念。
發音時，透過舌頭和嘴型形成低壓的空氣流動，好像是一個「最單純的形象」。意即「不是躺著，就是被放在一個地方不動。」的發音形象圖。

解說　助動詞 do 當動詞時是「做」的意思，同時也是很重要的助動詞。以發音上來看，形成了比 be 動詞還要高的空氣流動，像是在描述「好像坐在上面、又好像站著」的發音形象圖。
助動詞 do 的用途廣泛，即使要代替其他動詞的位置，也不會造成錯誤，這就是「助」動詞的最大功用。例如：“Do you eat breakfast everyday?” 這個問句，回答 “Yes, I do.” 即可，此時用 “do” 就可以代替 “eat”。

1 確認事件的真假所使用的疑問句。

　　首先要探討的，是對於動詞的對象出現疑問時，或對於事件的真假需要進一步確認時所使用的疑問句，這種句型的構成因素並沒有包括在「5W+1H」的結構中，所以不使用疑問詞。而且，這些疑問句的答案，通常以 Yes / No 的形式開頭，所以又稱為「Yes / No 問句」。

　　Yes / No 問句是由一般直述句，透過適當的變化而形成的。然而這類變化不可以影響構成句型的圖像結構；有的時候就直接保留原本的直述句，以附加問句的方式形成疑問句，會比其他方式來得恰當。

　　如果要形成較為正式的疑問句時，be 動詞和一般動詞在圖像裡會各自扮演不同的角色。隨著動詞的變化，疑問句的形態在表面上也會有所改變。為了方便使用，我們先將疑問句簡單區分為「be 動詞型」、「一般動詞型」以及「附加問句型」這三種形式。

▶▶ be 動詞的疑問句型

　　當我們想要表達「那個盒子是～」這個句子時，腦中會自然浮現的圖畫形象是「主詞（那個盒子）＋be 動詞（＝）」，然後，你一定會想知道，究竟「那個盒子」是什麼呢？也就是說，be 動詞的疑問句型，所著重的往往不在於實體的主詞，而是在於後面敘述的部分。

　　我們的腦袋具有精密的理解力，用圖像做為思考的媒介，其實是一種再自然不過的思考習性，例如，要記起電影的某個片段或是一幅圖畫，比較容易也較長久；相較之下，文字形式的描述較難記得也記不久。在這種情況之下，要構成疑問句型可由「動詞＋主詞」的字序來構成，但是 be 動詞和一般動詞所引導的疑問句型，卻有著不同的形態。

　　讓我們透過 be 動詞的意義和扮演的角色，深入了解 be 動詞的疑問句型。當 be 動詞代表「是」的意義時，其前後的兩個對象為一致的，也就是形成「等於」的關係；在「有～」的意思時，可看作兩個對象為互相重疊的複合關係，請見下頁的例句：

- John is her son. (John = her son)
  約翰是她的兒子。
  ⇨ **Is** John her son?
  約翰是她的兒子嗎?

Jack

- Jack is in his room. (Jack + in his room)
  約翰在他的房間裡。
  ⇨ Is Jack in his room?
  約翰在他的房間裡嗎?

　　be 動詞在疑問句型裡,通常置於句子最前面。但是它前後的對象,會形成複合的狀態;在了解整個句子的意義上,卻一點也不會造成混亂。所以 be 動詞的句型裡,be 動詞可以直接移到主詞前面,形成疑問句型。

▶▶ 一般動詞的疑問句型

　　一般動詞構成的句型強調「**主詞＋動詞**」的結合。換句話說,動詞本身就是主詞的行為(主詞的圖像裡,已包含動詞的意象)。這使得動詞移到句子最前面,不但會破壞原本圖像的結構,也直接造成圖像在傳達意義上的困難。因此,為了不破壞圖像本身「**主詞＋動詞**」的結構,一般動詞的疑問句型,絕對不能採用 be 動詞的方式來處理。

　　唯一不用破壞圖像結構,又能創造疑問句型的方法,就是使用助動詞 do 來幫忙。它含有一般動詞的基本概念「做」的意義,就好像進行式或完成式句型一樣,為了保留原有的圖像結構,在形成疑問句型時,把 be 動詞或助動詞 have 移到句子最前面的情況。

　　在傳達圖像裡的各種意義時,為了讓對方清楚了解問題內容,必須把次要的的因素(例如:時間、人稱的概念)放在最前面的動詞裡,人稱和時間的概念與最前方的動詞結合後,接下來的句型結構就能讓圖像維持原有面貌,使我們的腦海裡,能以最自然的圖像順序,充分了解整個句子裡所要傳達的意義。

下列圖像就足以說明為何一般動詞造疑問句型時，不能把動詞直接移到前面的理由。

圖解

A bull runs to a man.

一頭牛朝著那個男人跑過去。

如果把動詞移到最前面，圖像結構就會變成下列的情況：

圖解

runs a bull to a man.

把一般動詞 run 移到句子最前面時，圖像裡的主詞就會消失，這時連要傳達最簡單的意義，也會變得很困難。因此有了助動詞的幫忙，便能維持圖像的原貌，同時也能兼具疑問句的形式。

A bull runs to a man. ─────╲╲ Runs a bull to a man?（ ✗ ）
　　　　　　　　　　　 ─────▶ Does a bull run to a man?（ ◯ ）

維持直述句的原貌

現在讓我們來重新複習一下：

❶ 使用 **be** 動詞來造疑問句，**be** 動詞必須移到句首，並在句型的最後加入問號（？）。

He is a doctor. ─────▶ Is he a doctor?
他是醫生。　　　　　　 他是醫生嗎？

❷ 使用一般動詞來造疑問句，必須靠助動詞 **do** 的幫助，來維持「主詞＋動詞」的直述句原貌。助動詞 **do** 放在句子的最前面，必須隨著人稱和時態加以變化，句末也要加上問號（？）。

　　還有另一種情形：當一個直述句中除了動詞以外，還同時出現了助動詞，例如「未來式」、「進行式」、「完成式」等，這些句型又該怎麼改變成疑問句呢？

　　在這種情況下，我們會把助動詞移到句子的最前面，藉以維持敘述句的完整性，最後在句尾加上問號，就完成了疑問句型。

◯ He **likes** an apple. 他喜歡吃蘋果。

⇨ Does **he like an apple?**

直述句

解說 把 likes 移到句型的最前面時，圖像內容也會連帶受影響，無法傳達意思，所以需要助動詞 does（do 的第三人稱單數現在式）的幫忙。

◯ He **liked** playing with little kids. 他喜歡跟小孩子們在一起玩。

⇨ D̶i̶d̶ **he like playing with little kids?**

　　　　　　　　　　　　直述句

解說 把 liked 移到句型的最前面時，圖像內容也會連帶受影響，所以需要利用助動詞 do 的過去式 did。

◯ You **will** go to the party with Mary. 你會跟瑪麗一起參加派對。

⇨ Will **you go to the party with Mary**?

　　　　　　　　　　直述句

解說 把 will 移到句型的最前面時，不會影響圖像內容的原意。

◯ You **are** going to the party with Mary. 你會跟瑪麗一起參加派對。

⇨ Are **you going to the party with Mary**?

解說 把 are 移到句型的最前面時，不會影響圖像內容的原意。雖然這不是一個完整的敘述句，但因為有動詞 go 的存在，讓圖畫不失它的原意，並維持直述句的形態。

◯ He **has** finished with the paper. 他完成了那份文件。

⇨ Has **he finished with the paper**?

　　　　　　　　　　維持直述句形式

解說 把 has 移到句型的最前面時，不會影響圖像內容的原意。

◯ He **would** like to have a cup of coffee. 他想要喝一杯咖啡。

⇨ Would **he like to have a cup of coffee**?

　　　　　　　　　　維持直述句形式

解說 把 would 移位到最前面時，不會影響圖像內容的原意。

現在大家應該都知道了疑問句的形式會隨著動詞的性質而改變。請記住不能把動詞直接移到句子的最前面，必須利用 be 動詞和助動詞的幫忙，否則就會影響圖像的合理性。只要掌握這個特質，你在任何時候都能輕鬆及正確的使用英文，清楚表達自己的想法了。

▶▶ 附加問句的疑問句型

若前面的句子是肯定句，後面就該使用否定的附加問句；若前面的句子是否定句，那麼在句尾就該使用肯定的附加問句。另外，如果是「命令」、「請求」的祈使句時，不管前面的句子是肯定或否定，則會使用 "will you?" 這個附加問句。而如果是 Let's 開頭的句子時，則一律使用 "shall we?"。

- You are going to help me, aren't you?
  你會幫助我的，對嗎？

- He is the hero who saved her life, isn't he?
  他是她的救命恩人，不是嗎？

- You don't love me, do you?
  你不愛我，對吧？

- May slapped his face, didn't she?
  梅打了他一巴掌，不是嗎？

- Fetch me a chair, will you?
  幫我把椅子拿過來，好嗎？
  解說 祈使句的肯定語氣。

- Don't be late for school, will you?
  不要上學遲到了，知道了吧？
  解說 祈使句的肯定語氣。

- Let's have a swim, shall we?
  我們去游泳，好嗎？

解說 Let's 開頭的句子，附加問句一律使用 "shall we?"。

grammar tip

附加問句的語調

在附加問句中，若是要對方產生認同時，多半會將句子的語調往下；如果是徵詢對方的意見時，則會將語調上揚。

- It looks like rain, doesn't it? （＼）
  好像要下雨了，不是嗎？
- You can drive a car, can't you? （↗）
  你會開車吧，不是嗎？

2 詢問主詞的疑問句

下列為在直述句中，對於主詞出現疑問時，所使用的疑問句型。

- Who took the ball?
  誰把球拿走了？

- What happened to you?
  你發生了什麼事？

- What will bring you back to me?
  要如何做，你才會回到我身邊？

- Who is sitting on that chair?
  誰坐在那張椅子上？

- Who set the trap for a rabbit?
  是誰設下陷阱要抓兔子？

對主詞產生疑問時，若把疑問詞放在原來的主詞位置上，便可完成所謂的「**主詞疑問句型**」。這種形態的疑問句既有疑問的功能，也最能維持完整的圖序以傳達意義，不需要特別修飾，就能完成疑問句。

不過要記得，放在主詞位置的疑問詞，是在意義上要能夠具體地指稱對象的 who 或 what 的疑問詞，此時主詞皆必須視為第三人稱單數。

3 詢問主詞以外的疑問句

下列直述句為對於主詞以外的其他詞類感到不清楚時，所使用的疑問句型。我們先來觀察以下這個使用以 what 為疑問詞的例句。

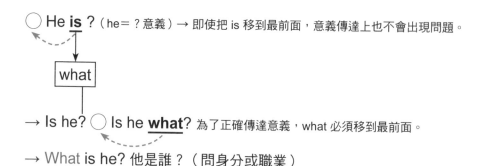

→ What is he? 他是誰？（問身分或職業）

在這種情況下，即使把動詞移到句子的最前面，仍需保持圖像的完整性。

如果是 be 動詞疑問句型，即使 be 動詞移位，仍不會造成圖像原意的改變。相較之下，在造一般動詞的疑問句型時，如果動詞移位，便會造成圖像聯想的不完整。因此在這個情況下，就需要以助動詞 do 來替代動詞移至句子的最前面，進而形成仍保有原來字序的疑問句型。

在下列例句中，請依照動詞的性質，將括弧裡的疑問詞往前移到句型的最前面，以完成疑問句型。

⇨ **Who are you?** 你是誰？（問名字或個人資訊）

◯ You **are**? (what) → ◯ Are you **what**?

⇨ **What are you?** 你是做什麼的呢？（問職業或職位）

◯ You **are**? (how) → ◯ Are you **how**?

⇨ **How are you?** 你好嗎？

◯ He **likes**? (what)

解說 為了圖序的完整，動詞不可以移位。

⇨ **Does he like what?**
解說 維持直述句的字序（才能維持圖像聯想的順序）。

⇨ **What does he like** ◯ ? 他喜歡什麼？

解說 what 在意義的傳達上，扮演非常重要的角色，要往前移到句子最前面。

◯ You **will** do? (what) next.

解說 助動詞在圖畫中無其他作用，故往前移。

⇨ **Will you do what next?**
解說 維持直述句的字序。

⇨ **What will you do** ◯ **next?** 接下來你要做什麼？

解說 what 在意義的傳達上，扮演非常重要的角色，要往前移到句子最前面。

◯ You **have** been? (where)

⇨ **Have you been where?**
解說 維持直述句的字序。

⇨ **Where have you been** ◯ ? 你去過哪裡？

解說 where 在意義的傳達上，扮演非常重要的角色，要往前移到句子最前面。

◯ He **is** studying French? (where)

⇨ **Is he studying French where?**

解說 維持直述句的字序

⇨ **Where is he studying French** ◯ ? 他在哪裡學法文呢？

解說 where 在傳達意義上，扮演非常重要的角色，要往前移到句子最前面。

| 確認一件事情的真相時（知道句型構成的全部因素時） | → | 不需要疑問詞的疑問句 |

| 問主詞部分的疑問句
（不知道主詞時）
問主詞以外的對象時所使用的疑問句
（不確定主詞以外的其他因素時） | → | 需要疑問詞的疑問句 |

UNIT 11 否定句

　　在 not 的發音中，會出現一種斷氣或者被阻擋的否定感覺；在發 not 的音時，往前推出去的空氣，被舌頭和上顎阻擋，使形成 [n] 的發音。之後氣流再次推出去，形成 [ɑt] 的發音。這種氣流形象，會讓人聯想到「阻擋某種動作」或「斷然拒絕某種意見」的情況，因此只要有 "not" 出現的場合，就一定是「否定句」。

　　not 會放在動詞或助動詞的後面，而在否定疑問句型中，則必須與助動詞結合，使用縮寫用法。

- He is not a lawyer.
  他不是律師。

- She does not love him.
  她不喜歡他。

- I will not go home.
  我不會回家。

- Won't you go home with me?
  你不跟我一起回家嗎？
  解說 won't = will not，will not 不可同時移至句首，必須縮寫成 won't。

- Doesn't she love him?
  她不喜歡他嗎？
  解說 doesn't = does not，does not 不可同時移至句首，必須縮寫成 doesn't。

- Isn't he a lawyer?
  他不是律師嗎？
  解說 isn't = is not, is not 不可同時移至句首，必須縮寫成 isn't。

Unit 12 祈使句

所謂的「祈使句」，就是命令或要求他人做某件事的句型。下命令時，需要有接受的對象，通常對象就位於正在下命令的人面前，也就是 "you"。因此祈使句中的主詞 "you"，被認為是理所當然的存在，通常會被省略，所以祈使句中的動詞會是原形動詞的形態。

- (You) Go home.
  （你）回家吧！

- (You) Finish it by noon.
  （你）要在中午之前完成。

- (You) Take good care of her.
  （你）好好照顧她吧！

- (You) Let the door be shut.
  （你）關門吧！

- (You) Shut up!
  （你）閉嘴！

- (You) Leave me alone!
  （你）離我遠一點！

- (You) Come and have a cup of coffee.
  （你）過來喝杯咖啡吧。

UNIT 13 感嘆句

感嘆就是「**表現驚訝的感情狀態**」，多半用「形容詞」來表達這種感情狀態，因此在意義上，需要以能夠修飾形容詞的疑問詞，來強調形容詞所要表達的意義，以充分表達說話者感嘆的情緒。

▶▶ 使用 how 和 what 來完成感嘆句型

how 為表示「方法」、「程度」的疑問詞，後面接形容詞，翻譯為「如何～」、「多麼～」；what 則不需要考量對象的形態或性質，便可以修飾所有的名詞，翻譯為「何等～」、「多麼～」。

在 how 的發音上，由於空氣不被打斷，會產生一種溫和流通的情形。因此 how 意味著不能打斷的對象，故修飾形容詞；相反的，在 what 的發音形象中，因為空氣流動會突然被阻斷，會讓人聯想到僵硬的狀態，故用來修飾名詞。

◯ The doll is **very beautiful**. 那個娃娃非常漂亮。

⇨ **How beautiful the doll is!** 那個娃娃是多麼漂亮啊！
解說 用 how 來修飾形容詞。

◯ You have **a very beautiful doll**. 你擁有一個非常漂亮的娃娃。

⇨ **What a beautiful doll you have!** 你擁有一個多麼漂亮的娃娃呀！
解說 用 what 來修飾名詞。

◯ She is **very sensible**. 她很聰明！

⇨ **How sensible she is!** 她是多麼聰明啊！

解說 表示「非常聰明」的 very sensible，轉換為感嘆形式的「多麼聰明！」時，就會變成 "how sensible"。同時為了強化「強調」的意義，因此放在句子的最前面。

◯ It is **very nice of you**. 你非常親切！

⇨ **How nice of you (it is)!** 你是多麼親切啊！

解說 如果 "nice" 和 "of you" 分開，就會影響到圖像聯想的內容，因此必須要一起移動位置。

◯ He drives **a very fast car**. 他開車速度很快。

⇨ **What a fast car he drives!** 他開車速度是多麼的快啊！

解說 very 在意義上修飾 fast，所組合起來的 "very fast" 都是在修飾 car（名詞），所以使用修飾名詞的 what。

Unit 14 祈願句

　　祈願句也是祈使句的一種，但是語氣比較偏向請求或是哀求，表達的是個人主觀的願望。祈願句大部分使用 "May" 開頭，然後置入祈求的對象與事件。為了強調祈求的意義，句型多半維持「祈使句」的形態，句中皆使用原形動詞。

- May God bless you!
  願上帝保佑你！

- May he rest in peace!
  願他安息！

- May you live long!
  願你長命百歲！

用圖像與發音原理，
學習介系詞！

Unit 15 藉由圖像理解介系詞！

　　介系詞能夠多元輔助動作的方向、位置、移動狀態以及其他相關的描述。另外，為了表達完整的英文句子結構，也就是完整地呈現句型構成要素之間的關聯性，必須藉由圖示來加以說明，而介系詞就是扮演此種角色的聯繫者。

圖解

介系詞的基本概念 ❶（方向感）

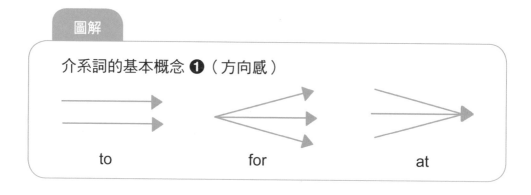

圖解

介系詞的基本概念 ❷

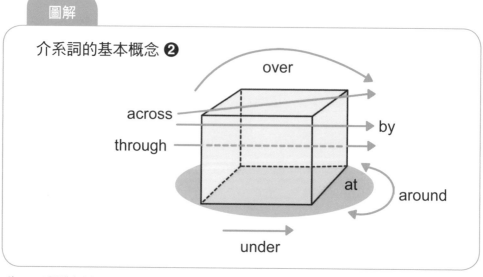

圖解

介系詞的基本概念 ❸

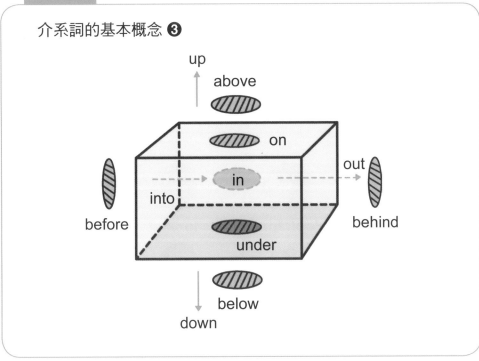

從上述的例子中可知，大部分的介系詞的作用是表達動作方向、位置和移動狀態等，因此與動詞或名詞結合後，可完整表達多元的動作走向，也因此，介系詞會幫助大家更準確地理解語意。

▶▶ 在動詞 look（看）之後，加入不同的介系詞，就會產生不同的意義

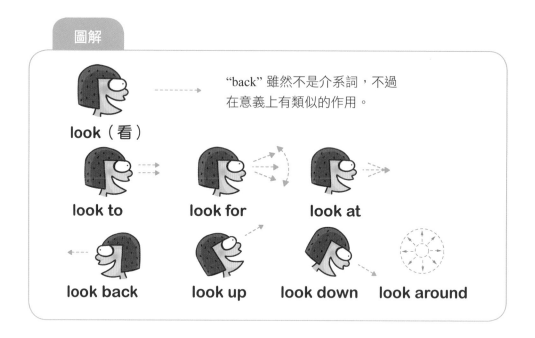

圖解

"back" 雖然不是介系詞，不過在意義上有類似的作用。

look（看）

look to　　look for　　look at

look back　　look up　　look down　　look around

▶▶ 表示「方向」、「位置」的介系詞用法

❶「我們去那邊的公園吧。」

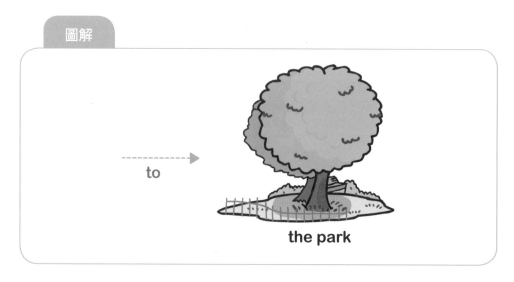

圖解

to

the park

❷「我們經過橋下，朝向飛往夏威夷的機場前進。」

圖解

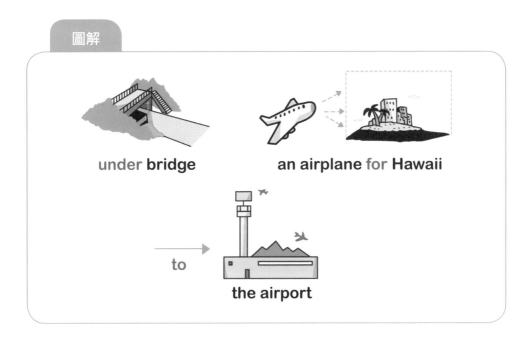

under bridge　　　an airplane for Hawaii

to　　the airport

❸「把放在桌上的那個瓶子裡的糖果，拿出來給他吧。」

圖解

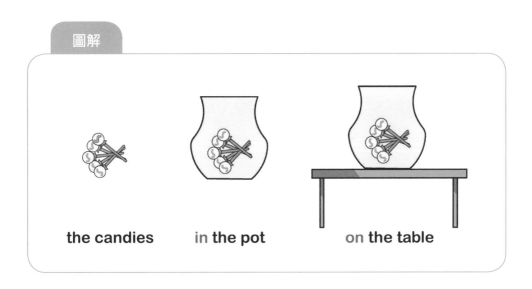

the candies　　in the pot　　on the table

④「他對準她頭上的蘋果射箭，但箭卻經過了那顆樹，往國王的方向飛去了。」

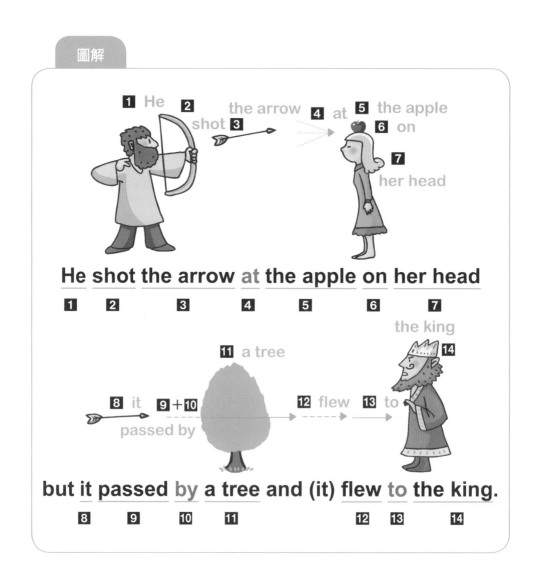

圖解

He shot the arrow at the apple on her head
but it passed by a tree and (it) flew to the king.

上述的圖像不但明確地描繪出各種介系詞的用法，也表現出英文句型是由一個主體（即主詞）依序引導出後面所有的因素，句子的順序與圖畫裡的排序是一致的。

表示「方向」的介系詞：to

現在把介系詞的意義運用於發音形象上，然後找出彼此之間的關聯性。

圖解

to 的發音

發音時空氣流動的形象

to 的意義

表示「方向」的基本概念

從現在起，讓我們把以前學習過的語言理論擺一邊，試著用圖像和發音的原理重新認識英語吧！

介系詞 to 的意義，其實也能藉由發音去理解。先指示一個方向，發出 "to" 的音時，口腔用力往前吐出空氣。to 是用來指示方向的介系詞，表示「往～」、「到～」的意義，也可當作「為了～」的意思使用，用來表示動作的目的。

- He went to the church.
  他去教堂。

- from flower to flower
  在花叢間

- from bad to worse
  雪上加霜

- He went to her.
  他去找她了。

- He had the position to his liking.
  他找到自己最喜歡的位置。
  解說 以圖像解釋：往自己喜歡的方向。

- To my surprise, he passed the exam.
  他通過了考試，真是出乎我的意料。
  解說 以圖像解釋：事情發展的方向令我驚訝。

圖解

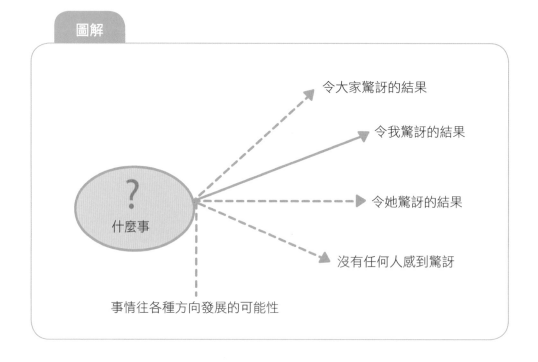

▶▶ 巧妙運用圖像原理

- Please help yourself to more barbecue.
  請多吃點烤肉。
  解說 以圖像解釋：往更多烤肉的方向。

UNIT 17 表示「對象」的介系詞：for

圖解

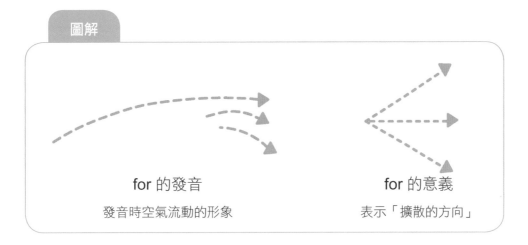

for 的發音

發音時空氣流動的形象

for 的意義

表示「擴散的方向」

　　大聲發 for 的音時，你會發現從嘴裡出去的空氣往前移動，比起 to 還要更廣、更柔和地擴散。相較於指向一直線的 to，for 擁有更廣泛的發音形象，這也說明了 for 的意義。就像 for 溫和擴展的發音，盡量減少了「**直接指向某對象的尖銳性**」，也就成了「**為了～**」的基本意義，另外也使用於「**當作～**」、「**以～為代價**」等意思。

- for sale
  供出售的

- fight for liberty
  為了自由而戰

- He is the man for the job.
  他能勝任那個工作。

- She has a taste for painting.
  她對於畫畫有興趣。

- He left Japan <u>for</u> L.A.
  他離開了日本來到洛杉磯。

L.A.

- books for children
  兒童書籍

- an eye for an eye
  以眼還眼（以牙還牙）

- anxious for peace
  期望和平

- for 10 years
  10 年來

  解說 for 也可以應用於時間概念上。

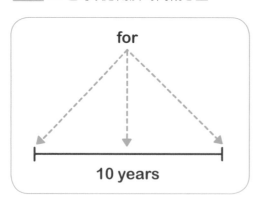

grammar tip

for 的另一種用法

for 也可以當作 to 不定詞「意義上的主詞」，例如：It is impossible for her to lie.（她不可能會說謊。）就是用 for 來說明「說謊」這個動作在意義上的主詞是「她」。

UNIT 18 指示「準確方向」的介系詞：at

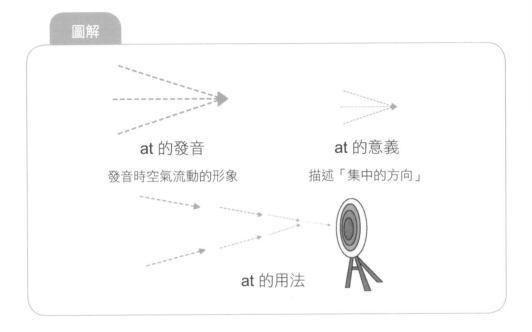

圖解

at 的發音
發音時空氣流動的形象

at 的意義
描述「集中的方向」

at 的用法

　　at 的發音如同「用針刺到的感覺」，漸進式地集中方向於一點，正如同 at 的意義：「集中的方向」。

　　at 表示「往～方向」、「在～」，就好像對準某一個對象、不偏不倚地扎一針，表現出動作的準確性。

- at hand
  就在手邊（就在附近）

- at the corner
  在角落

- at 5 o'clock
  在五點的時候

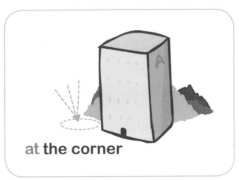

at the corner

- at noon 在正午

- at that moment 就在那個時候

- at present 現在

- at the rate of 以～的比率

- look at / gaze at / laugh at
  看著～／盯著～看／嘲笑～

- A drowning man will catch at a straw.
  快要淹死的人連一根稻草也要抓住。
  解說 這個句子裡的「稻草」，就是一個準確的目標。

- shoot at a target 射在靶子上

▶▶ at 和 to 在意義上的差異

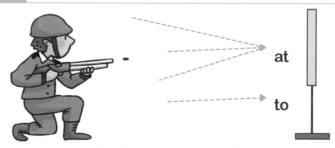

圖解

The soldier shot at the target.

那個軍人對準目標開槍。

→ at 有「正確對準」的含義。

The soldier shot to the target.

那個軍人往目標開槍。

→ to 只有「朝某個方向」的含義。

表示「在～裡面」的介系詞：in

圖解

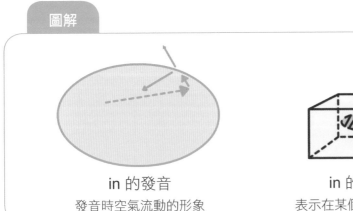

in 的發音
發音時空氣流動的形象

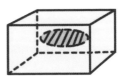

in 的意義
表示在某個東西「內部」

　　仔細觀察在發 "in" 的音時，空氣（聲音）不會從嘴裡面推出來，反而流入嘴內和鼻子的方向（只要按住鼻子後發音，就會有明顯的感受。）這是因為 "n" 的發音為鼻音，會以舌頭擋住空氣的流動，往鼻子裡吐出來，才會產生此現象。**這就好比待在密閉空間裡，空氣在內部出不去**，由此可聯想到「**在～裡面**」、「**在～內部**」的意象。

- stay in the room
  待在房間裡

- a man in black
  穿著黑色衣服的男人

- in good health
  很健康（在健康的狀態）

- travel in Italy
  在義大利旅行

- nine in ten
  十之八九

- in abundance
  很豐富

UNIT 20 表示「往內移動」的介系詞：into

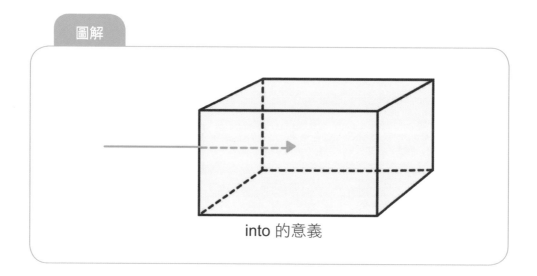

into 的意義

　　into 是結合 in 和 to 的介系詞，是「朝向～」的意思，也可以當「到～裡面」的意思，此時指的是「從物體的外部進到物體的內部」，表示動作的方向。

- go into a house
  進去房子裡面

- put a cake into an oven
  把蛋糕放到烤箱裡

- The snow turned into rain.
  雪變成了雨。

- They make grapes into wine, in France.
  在法國，他們把葡萄釀成酒。

Unit 21 表示「往外移動」的介系詞：out

圖解

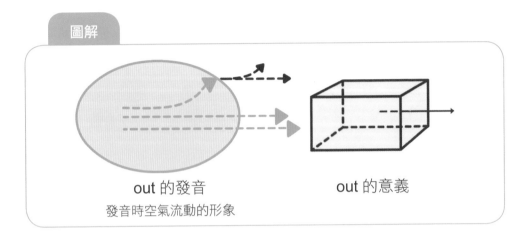

out 的發音　　　　　　　　　　　out 的意義

發音時空氣流動的形象

　　out 的發音，就好像是把嘴裡的空氣往外掃出去似的，一種「通通推出去」的發音形象，在發音後立刻停止呼吸，你會明顯感受到，這種發音形象會讓人聯想到「**外面～**」、「**往外～**」的意思。

grammar tip

out 的用法

在英語裡，out 也可以當作副詞使用，但在意義上卻與介系詞的解釋沒有多大的差異，因此使用時不需特別區分詞類。以中文為例，「我喜歡現在的你。」這個句子在實際應用於生活中的時候，沒有人會刻意去分辨，句子裡的「現在」是歸類於副詞還是形容詞。

- go out for a walk
  出去外面散步

- fight it out
  戰鬥到最後（戰鬥到最後一刻為止）

- The secret is out at last.
  祕密最後洩漏出去了。

He picked out a new hat.

- He picked out a new hat.
  他挑選了一頂新帽子。
  解說 從「很多帽子」當中
  挑選了一頂。

- He passed out.
  他在正常的意識之外。（→ 他失去了意識。）

- He freaked out at sudden questions.
  他因為突如其來的問題而在正常的情緒之外。
  （→ 他因為突如其來的問題而嚇到了。）

- We are running out of rice (bullet / money).
  我們的米（子彈／錢）用完了。

rice

We are running out of rice.

指示「位置」的介系詞：on

圖解

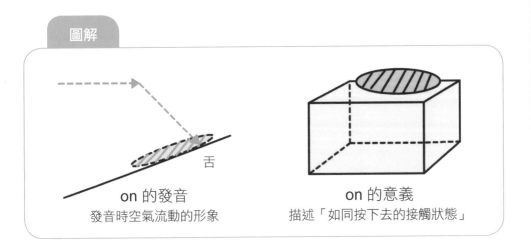

on 的發音
發音時空氣流動的形象

on 的意義
描述「如同按下去的接觸狀態」

在發 on 的音時，如同「把東西放置於某物上面導致壓力」似的，形成「舌尖被按住」的感覺。就像發音形象的結構，on 的基本意義是「在～上面」的意思。

- go on horseback
  騎在馬背上

- on tiptoe
  踮著腳尖

- the portrait on the wall
  掛在牆上的肖像畫

- a statement based on evidence
  根據證據的陳述

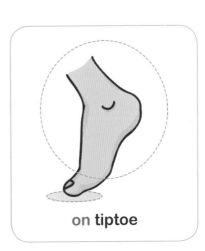

on tiptoe

- Charlie is to speak on finance this afternoon.
  今天下午，查理要發表有關財經的演說。

- This is a story based on my experience.
  這是我的經驗談。

- Go on with your story.
  繼續講你的故事。

圖解

go on
繼續下去

story   story

get off
停止   story

Go on with your story.

UNIT 23　指示「位置」的介系詞：beneath

圖解

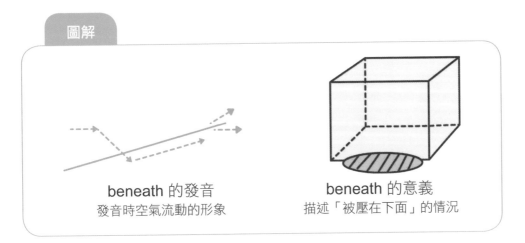

beneath 的發音	beneath 的意義
發音時空氣流動的形象	描述「被壓在下面」的情況

　　在發 beneath 的音時，隨著鼻音 [n] 的聲音，空氣會往舌下流走，beneath 的意義就像它的發音一樣，表示「**在～的下面**」、「**就在～下方**」的意義。

- the sky above and the earth beneath
  天在上，地在下

- Feel the earth beneath your feet.
  去感覺腳底下的大地。

- You are far beneath him in kindness.
  說到親切，你遠遠在他之下。

圖解

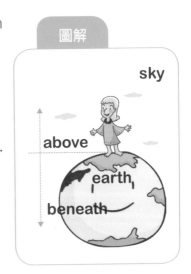

sky

above

earth

beneath

表示「移動位置」的介系詞：over

UNIT 24

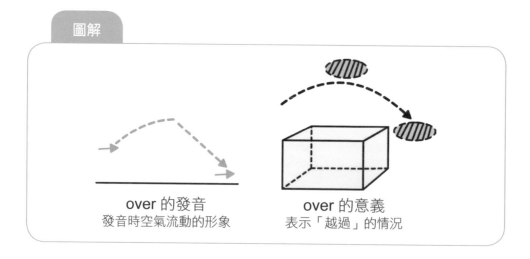

over 的發音
發音時空氣流動的形象

over 的意義
表示「越過」的情況

over 的發音形象如同上述圖畫，形成往上跳越的空氣流動，所以 over 的意義就跟它的發音意象一樣，是「**往上躍過去的移動狀態**」，也就是「越過」、「跨越」之意。

- A giant jumped over a river. 巨人跳過一條河。

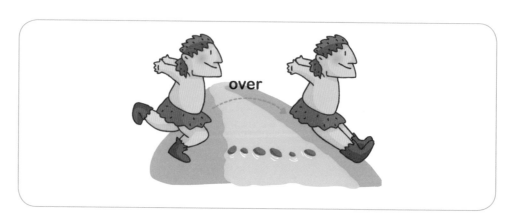

over

- come over
  過來

- The policeman talked to me over his shoulder.
  那個警察轉頭跟我講話。

- a bridge over troubled water
  惡水上的大橋

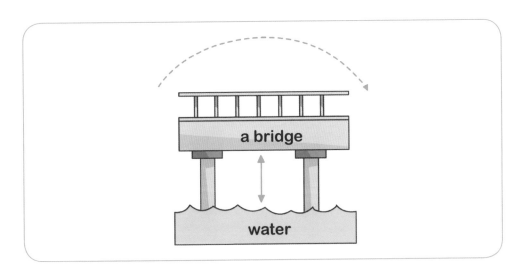

- all over the world 全世界

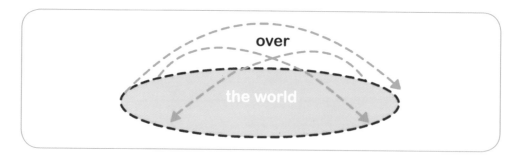

- Many changes are coming over this country.
  整個國家正歷經許多改變。

- turn a page over 翻到下頁

- There were over 500 students on the ground.
  超過 500 個學生在運動場上。

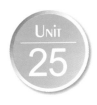

UNIT 25 指示「位置」的介系詞：under

圖解

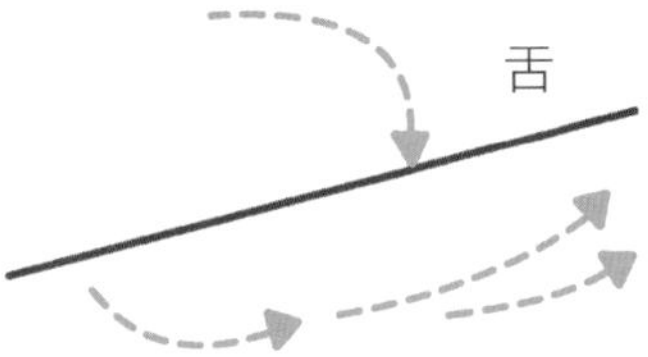

under 的發音
發音時空氣流動的形象

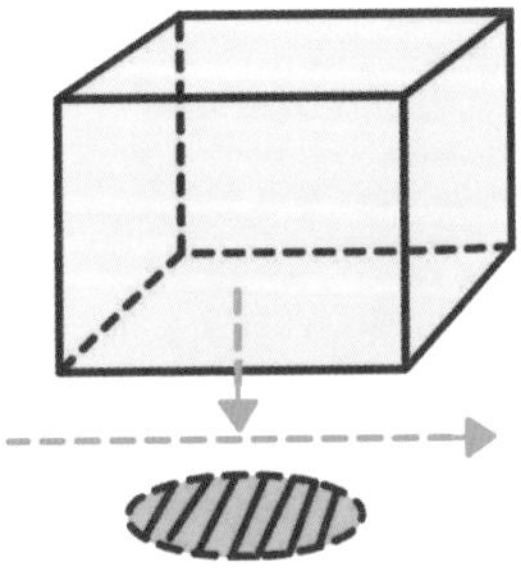

under 的意義
描述「在～之下」的狀態

under 的發音，就如同上述圖畫所示範的空氣形象，與 over 的意義相反，有「在～之下」、「在～的下面」、「在～的影響之下」的意思。

- He is lying down under the oak tree.
  他躺在那棵橡樹之下。

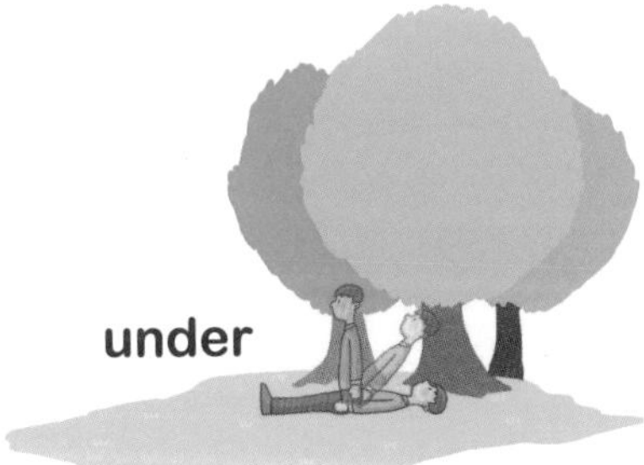

- A submarine goes under the sea.
  潛水艇在海面下行駛。

- There is a trash can under the table.
  桌子底下有個垃圾筒。

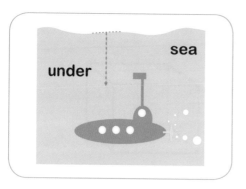
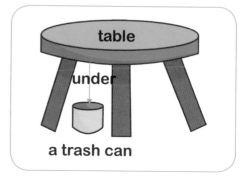

- His boat goes under the bridge.
  他的船行駛到橋下。

- He lives under the burden of debts.
  他生活在負債的壓力下。

- Free admission under 5.
  五歲以下免費入場。

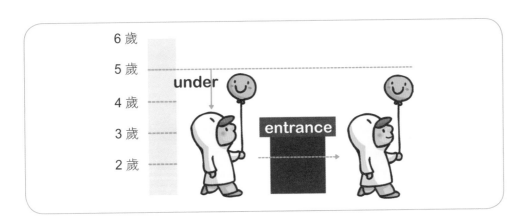

- The tides are under the influence of the moon.
  潮汐在月亮的影響下（潮汐受月亮的影響）。

指示「位置」的介系詞：above

圖解

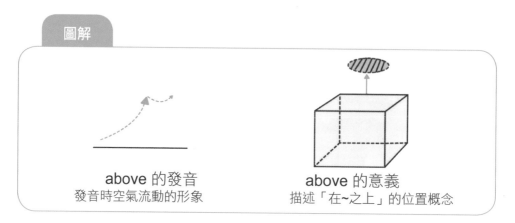

above 的發音
發音時空氣流動的形象

above 的意義
描述「在~之上」的位置概念

above 的發音就如同上述的圖畫顯示，隨著發音的形象，形成「比～更高；在～之上」的意思。

- The sun is above the horizon.
  太陽在地平線上昇起！

- Health is above wealth.
  健康重於財富。

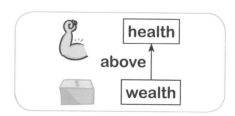

grammar tip

above 和 over 的不同

above 和 over 的中文都是「在～之上」，但是在使用上有很大的差別。over 主要是表現於「動態」的概念，故有「在～之上移動的狀態」的意味；相較之下，above 則表示「靜態」的概念，單純指「在～之上」的狀態。

- above the equator
  赤道以上

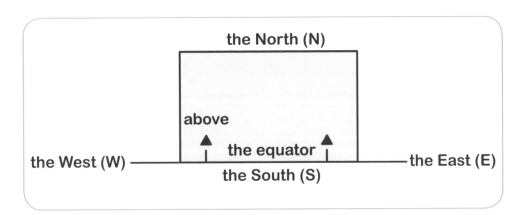

- She is above telling a lie.
  她的水準比會撒謊的人高。（她不是那種會說謊的人。）

指示「位置」的介系詞：below

Unit 27

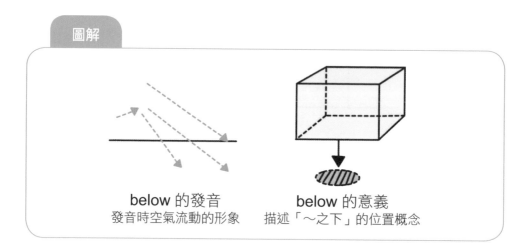

below 的發音
發音時空氣流動的形象

below 的意義
描述「～之下」的位置概念

　　在發 below 的音時，就如同上述的圖案顯示，空氣會持續往下流動（由此可知，low 這個單字為什麼會有「低」的意義了。）因此隨著 below 的發音氣流，會令人聯想起「在～之下」的意思。

- The sun has just sunk below the horizon.
  太陽剛沉沒在地平線之下。

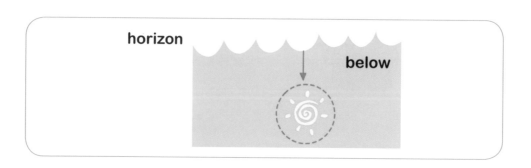

horizon

below

- There is a treasure ship 100 feet below the sea level.
  在海平面之下 100 英呎深的地方，有一艘滿載珍寶的船。

- the court below 地方法院

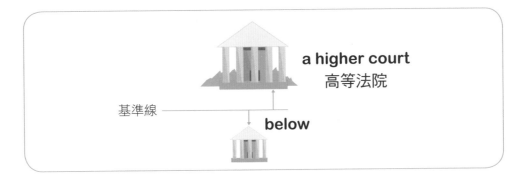

- Below there! 喂！
  解說 使用在高處的人呼叫低處的人。

grammar tip

below 和 under 的不同

below 和 under 在中文裡都是指「在～之下」，但用法不同。under 主要是表現於較「動態」的概念，表達「在～之下移動的狀態」的意味；相較之下，below 則表現「靜態」的概念，單純指「在～之下」的狀態。

因此，under 的反義詞為 over，below 的反義詞則為 above。

Unit 28 指示「位置」的介系詞：behind

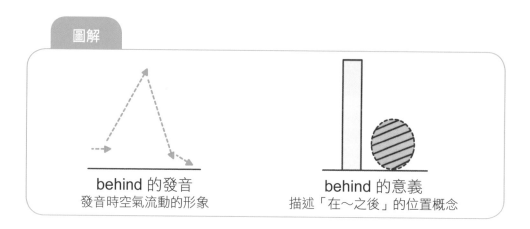

behind 的發音
發音時空氣流動的形象

behind 的意義
描述「在～之後」的位置概念

　　在發 behind 的音時，如同上述圖案，空氣本來在最低的位置流動，突然往上升，卻又急速下降，最後以短促的下沉音結尾。behind 的意義也如同其發音形象，表達「越過很高的障礙物躲在後面」的意味，也就是「在～之後」的意思。

- The boy was hiding behind the door.
  那小男孩躲在門後面。

- Powerful politicians were behind the case.
  那件案子幕後有勢力強大的政客介入。

- The shuttle bus arrived 5 minutes behind time.
  接駁公車晚到了五分鐘。

- behind the times
  落後於時代 → 退流行

- She left a fortune behind her.
  她身後留下了龐大的財產。

- There is something behind this story.
  故事的背後另有隱情。

UNIT 29 指示「位置」的介系詞：beyond

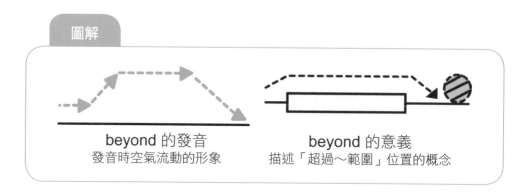

圖解

beyond 的發音
發音時空氣流動的形象

beyond 的意義
描述「超過～範圍」位置的概念

　　beyond 的發音形象，如同空氣超越大範圍物體的流動行為，故有「超越」、「越過」的意思。

- beyond the horizon
  超越水平線

- She is beyond my control.
  她超出了我的控制。
  （我無法控制她。）

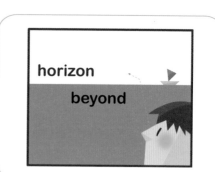

horizon
beyond

- This is beyond me.
  這超出我的能力範圍。（我做不到。）

- We solved the puzzle beyond the time limit.
  我們超過了時間限制才解開謎題。

- The lamp is beyond price.
  這盞燈已經超越錢的價值。（這盞燈無法以金錢來衡量。）

表示「移動位置」的介系詞：up

圖解

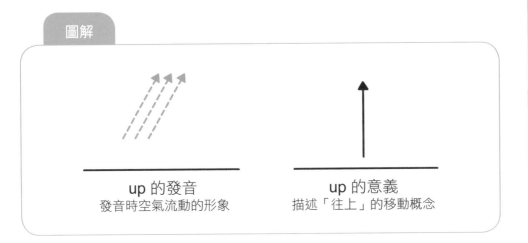

up 的發音	up 的意義
發音時空氣流動的形象	描述「往上」的移動概念

在發 up 的音時，空氣持續往上流動，所以 up 的意思有「往～上面」的動態概念。

· The two men climbed up to the top of Mt. Everest.
那兩個男人登上了聖母峰。

· The price of commodities is going up. 物價上漲中。

· He is up on his knees. 他挺直身體跪坐著。

· up to the sky 往天空上面去

· Time to get up. 該起床了。

· It is up to you to do so.
這件事由你自己做決定。

表示「移動位置」的介系詞：down

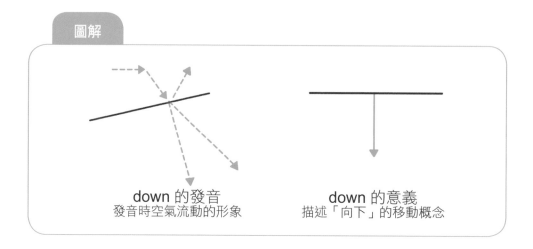

down 的發音
發音時空氣流動的形象

down 的意義
描述「向下」的移動概念

在 down 的發音中，如上述圖案顯示，是空氣往下壓的形象，所以 down 的意思有「往下」的動態概念。

- The beautiful girl glanced down at me.
  那位漂亮女孩向下瞄了我一眼。

- Don't look down!
  不要往下看！

- The birth rate is going down.
  出生率在下降中。

- Calm down.
  冷靜下來。

- Slow down.
  將速度慢下來。

UNIT 32　表示「所有」的介系詞：of

圖解

of 的發音
發音時空氣流動的形象

of 的意義

　　在發 of 的音時，嘴裡的空氣會很微弱地往外延伸出去，流動的感覺就像「蜘蛛從嘴裡吐出來的絲」一樣，因此這種發音顯示「**與某對象連接在一起**」、「**某對象所屬的東西**」或「**某對象屬於哪裡**」的意味，所以 of 是「～的」、「屬於～的」、「由於～緣故」之意。

- The dress is made of silk.
  這件洋裝是用絲綢做的。

- The pen is made of gold.
  這枝筆是用黃金打造的。
  解說 make of 用在經由物理變化製作出來的產品，物質的特性並未改變。

- He died of cancer.
  他死於癌症。
  解說 die of 通常是指死於內在因素，
  　　　例如：疾病、飢餓、哀傷等等。

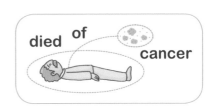

- I am sick and tired of your laziness.
  我對你的懶散感到厭煩。

  解說 表示「原因、理由」的 of 介系詞（由於～的緣故）。

- a friend of mine
  我的其中一個朋友

- A fish cannot live out of water.
  魚無法離水而活。

  解說 out of 是「從～離開」的意思。

表示「來源」的介系詞：from

圖解

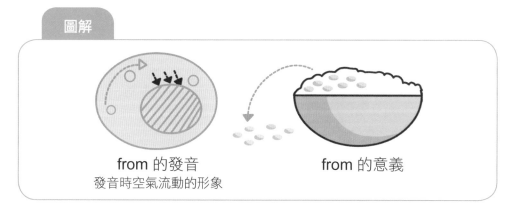

from 的發音
發音時空氣流動的形象

from 的意義

在發 from 的音時，記得先把空氣往口腔外流出去後，再往後卷舌，務必使空氣成團含在嘴裡。此時的發音狀態就如同「**指示某對象的來源**」的形象，所以 from 是表示來源或出發點的「從～」之意。

- We make wine from grapes. 我們利用葡萄製造葡萄酒。
  解說 make from 用在經由化學變化製作出來的產品，物質的特性改變了。

- die from fatigue 死於勞累（表示原因、理由）
  解說 die from 通常是指死於外在因素，例如：意外、車禍、創傷等等。

- Where are you from? 你來自哪裡？（表示起源、出處）

- You should not judge one from his appearance.
  你不該以貌取人。
  解說 「以～」的意思，作為判斷的基準。

- I started from Tokyo for Paris.
  我從東京出發到巴黎。（表示場所）

- I want to live free from care.
  我想從煩惱中解脫，過自由自在的生活。

表達「從～（解脫）」之意。

- from top to bottom
  從上到下；全部地

- from morning till night
  從早到晚；一整天（表示時間）

- from beginning to end
  從開始到結束（表示順序）

- You must know good from bad.
  你必須分辨善惡。
  解說 know A from B 表示「分辨 A 和 B」。

- from hand to mouth 勉強糊口的，窮苦的

- from time to time 常常；經常（= often）

- from behind 從後面（表示方向）
  解說 使用於場所或時間副詞片語之前。

- from under the table 從桌子底下（表示位置）

Unit 34 表示「脫離」的介系詞：off

圖解

off 的發音
發音時空氣流動的形象

off 的意義

　　在發 off 的音時，因為強力摩擦而造成無固定方向的到處分散空氣，因此 off 有「完全去除」、「與～離開」、「完全隔離」的意思。

- Take off your hat.
  脫下你的帽子。

take off

- Turn off the light.
  關燈。

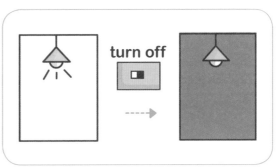

turn off

- cut off the water 斷水

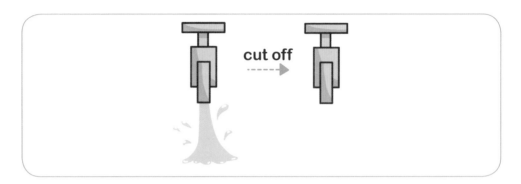

- He took a day off yesterday. 他昨天請假了。

- off the record 非正式的，沒有發表的

- The wind blew my kite off the string.
  我的風箏被風吹斷了線。

- drink off 喝完（表示完成）

- I must be off to the office early in the morning.
  我必須一大早進辦公室。（表示出發）

- In case of rain, the trip will be off.
  如果下雨，旅行就會取消。（表示中斷）

- off duty 下班

- The ship was off the island. 船已離開了那座島。

- It has been raining off and on. 斷斷續續地下著雨。

UNIT
35

表示「同伴關係」的介系詞：with

圖解

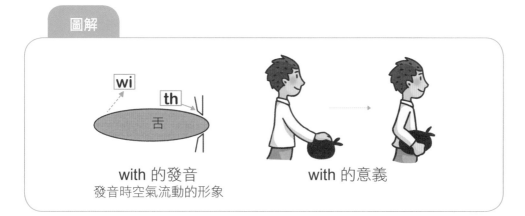

with 的發音
發音時空氣流動的形象

with 的意義

在發 with 的音時，舌頭被夾在齒間，因此聯想起「腋窩下夾帶了某物」的動作。with 的發音如同所表現出來的形象，使用於「和～在一起」、「伴隨～」的意思。

- I have no pen to write with.　　我沒有筆可以寫。

- I have a deal with him.　　我跟他有個交易。

- The girl jumped up with joy.　　女孩高興地跳起來。

- I have no money with me.　　我身上沒有錢。

- He is disgusted with the world.　他對這個世界感到厭倦。

- What do you want with me?　　你想對我幹嘛？

- What is the matter with you?　　你發生了什麼事？

- With all his wealth, he is not happy.
  即使擁有財富，他還是不快樂。

- Fill the glass with water.
  將杯子倒滿水。

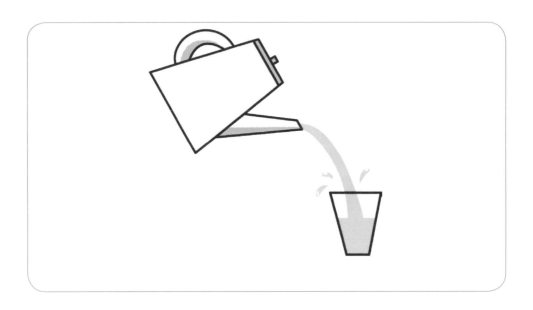

⊙ grammar tip

with 的用法

▶▶ with＋名詞＝副詞

with care = carefully 小心地
with ease = easily 輕鬆地
with skill = skillfully 熟練地
with fluency = fluently 流暢地

▶▶ 「with＋受詞＋形容詞（分詞／片語）」的形式形容狀態

with the window open 開著窗戶
with the candle lit 點著蠟燭
with one's hands in one's pockets 把雙手放在口袋裡

Unit 36 表示「鄰近位置」的介系詞：by

圖解

by 的發音
發音時空氣流動的形象

by 的意義

在發 by 的音時，空氣在嘴裡膨脹後逐漸往外流，因此會聯想到「打開口袋後，把錢拿出來」的動作，因此有著相同發音的 buy，正是「買」的意思，可見這兩個單字有相連之處。

而以錢作為交換手段時，又意味著「靠～」、「用～」的意思。而且裝滿錢的口袋一定是隨身攜帶，所以也意味著「在～旁」、「在～身邊」之意，因此 by 也有「用～」、「在～旁邊」、「在身邊」的意思。

- He lives in a house by the river.
  他住在河岸邊的房子。

- There was no money by her.
  她沒有帶錢（在身邊）。

- Arthur will achieve victory by all means.
  亞瑟一定會用盡各種方法以取得勝利。

- They sell cheese by the pound.
  他們以磅為單位來賣起司。

- I caught him by the arm. 我抓住他的手臂。

  解說 by 和 with 之間的差異，在於 by 單純表示「手段、方法」，with 則是表示「用～道具」。

  例如：I traveled by land. 我的旅行是經由陸路。
  　　　I cut it with a knife. 我用刀子把它切斷。

- Three multiplied by five equals fifteen. 3 乘以 5 等於 15。

- Ten divided by two equals five. 10 除以 2 等於 5。

- You can work by day and sleep by night.
  你可以白天工作，晚上睡覺。

- She went home by daylight.
  她在天黑前回家了。

- You can be back by noon. 你可以在中午前回來。

- America was discovered by Columbus.
  美洲新大陸是被哥倫布發現的。

  解說 被動語態的用法使用介系詞 by，可是在 "The road was covered with mud." 這個句子中的 with，也常被誤以為是與 by 相同的功用；但事實上，mud（泥巴）並不是行為的「主體」，而是被視為「道具」，所以上面這個句子並不是被動語態。

· grammar tip

使用 by 的常見片語

day by day 一天天；逐日 / page by page 逐頁 / by God 對神發誓 / by and by 很快的，不久後 (= before long, after a while) / by and large 大致上 / by oneself 獨自 (= alone) / by the way 順帶一提

Unit 37 表示「對象」的介系詞：about

圖解

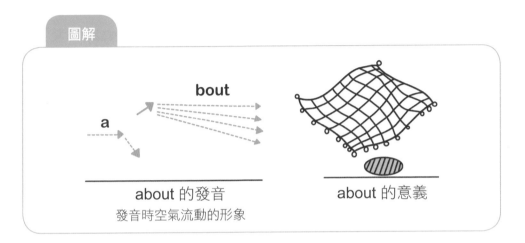

about 的發音
發音時空氣流動的形象

about 的意義

注意觀察 about 的發音，會發現空氣會往上膨脹後再伸展，倏地又往下拋出去。此時的發音形象，就如同「撒下網子並包住獵物」的情況。

圖解

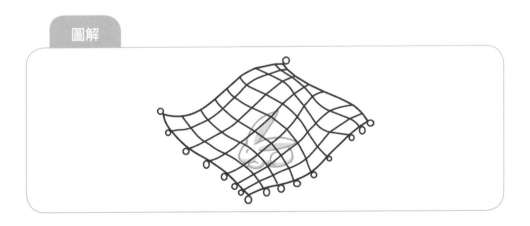

如同上圖，撒下的網子不只包住獵物，連帶周邊也被包圍，因此 about 有著「在～周圍」、「在～附近」、「關於～」之意。

- What are you about now? (＝What are you doing now?)
  你現在正在做什麼？

- Mother is busy about cooking. 媽媽忙於煮菜。
  解説 前兩句中的 about 都有「忙碌於～」的意思。

- What are you talking about? 你們正在談論什麼？

- She wrote to me about the accident.
  她寫信告訴我關於那起意外事件。
  解説 上面兩句中的 about，都有「關於～」的意思。

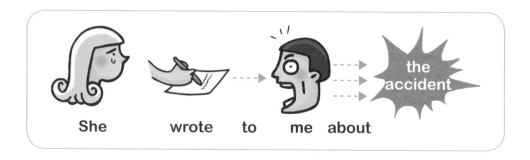

- Mary strolled about in the suburbs yesterday.
  瑪麗昨天在市郊散步。

- Dogs are running about in the field.
  一群狗在野外到處奔跑。

- There is nobody about.
  沒有任何人在這附近。
  解説 以上三句中的 about，都可使用 around 來替代。

- The boat is about to (= be going to) capsize.
  那艘船即將要翻覆。

- about (= nearly, almost) a mile 大約一英哩

UNIT 38　表示「對抗」的介系詞：against

圖解

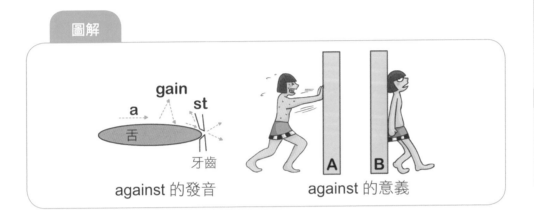

against 的發音　　　　against 的意義

　　注意 against 的發音。在發 gain 的部分時，有如「撞擊牆壁，使發音粉碎般」的感覺，而發到 st 時，才終於有少量空氣往前擠出去，此時發音形象聯想起「突破像牆壁般的障礙物後，再往前推出去」的情況。因此 against 含有「反對」、「對抗」、「逆～」、「預防」之意。

・The ship sailed against the wind.
　那艘船逆風航行。

- The people rose against the government.
  人民群起反抗政府。

- against one's will
  違背自己的意志

- He is leaning against the wall.
  他靠在牆上。

- Passengers are warned against pickpockets.
  乘客被警告要小心扒手。

- Lay up money against a rainy day.
  存錢以備不時之需。（未雨綢繆。）

- Are you for or against our plan?
  你到底贊成或反對我們的計畫？
  解說 for 是「贊成，支持」的意思，against 在這裡是「反對」的意思。

表示「在～周圍」的介系詞：around

圖解

around 的發音
發音時空氣流動的形象

around 的意義
描述「繞圈子」的形態

　　在發 around 的音時，如同上圖顯示，舌頭和空氣會繞著口腔周圍流動，此時的情況會讓人聯想起有「包住周圍環境」的感覺，因此延伸出有「**在～周圍**」、「**圍繞**」之意。

- turn around 轉身

- A dense fog lay around the tree.
  濃霧包圍了那棵樹。

- It's just around the corner.
  它就在轉角處。

- They were sitting around the table.
  他們圍桌而坐。

- around the clock 日以繼夜的

表示「形態」的介系詞：along

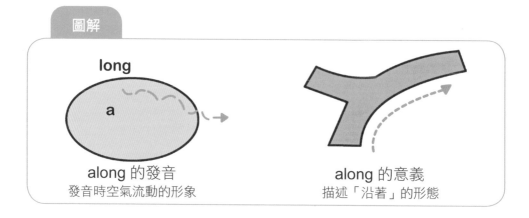

long

a

along 的發音
發音時空氣流動的形象

along 的意義
描述「沿著」的形態

　　在發 along 的音時，如同上圖顯示，空氣沿著一條直線延伸出去，因此會讓人聯想起「沿著一條長河旅行」的情況，所以 along 是「**沿著～**」的意思。

- He took a walk along the river.
  他沿著河邊散步。

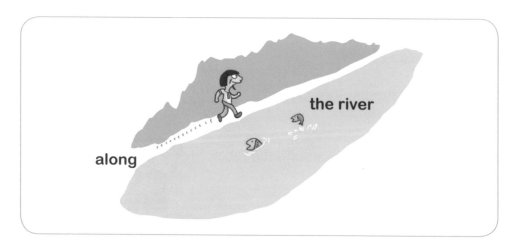

the river

along

- May I come along with you to the park?
  我可以跟你一起去公園嗎？

圖解

- Come along with me!
  跟我一起來吧！

- He is coming along with the plan very well.
  他依照計畫進行得很好。

- How are you getting along these days?
  你最近過得如何？

- I walked alongside of my uncle.
  我走在叔叔的旁邊。
  解說 alongside 是「在～旁邊」的意思。

UNIT 41　表示「移動」的介系詞：across

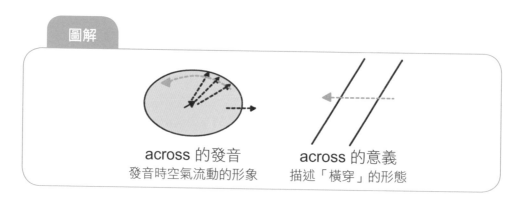

across 的發音
發音時空氣流動的形象

across 的意義
描述「橫穿」的形態

在發 across 音時，空氣會隨著舌頭滾動，逐步往上流動，因此會形成「從一邊到另外一邊」的形態，因此 across 有著「橫越～」、「越過～」的意思。

- He shouted at me across the street. 他在對街向我大聲叫喊。

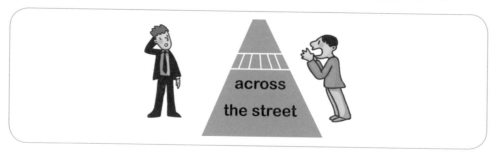

across
the street

- This road goes across a railway. 這條路橫越過鐵路。

- She is swimming across the river. 她正游泳渡河。

- The lake is five miles across.
  從湖泊的這端到那端有五英哩。

UNIT 42 表示「貫穿」的介系詞：through

圖解

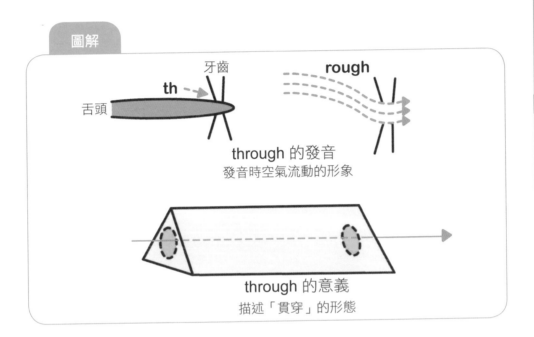

在發 through 的音時，舌頭置於齒間，再透過齒間持續把空氣推出去，此種發音形象會讓人聯想到「貫穿」的形態，因此 through 有著「**通過**」、「**穿過**」的意思。

- The bear went through this tunnel.
  那隻熊穿過了洞穴。

- They walked through a dense forest.
  他們穿過了茂密的森林。

- I was through with (reading) this book.
  我把這本書全部看過了。

- He was watching TV all through the night.
他整晚都在看電視。

解說　把抽象概念的晚上（night）比喻成具體的隧道形式，就如同上圖所描繪的概念一般，可依圖像的順序表現出句型結構：作為主詞的對象 → 對象的行為 → 與行為有關的對象 → 描述細節和周圍環境。

- I am through (= break off) with her.
我和她已經分手了。

- The bullet passed through his leg.
子彈射穿了他的腿。

- looked a paper through 瀏覽報紙

- see things through 看穿事物；洞悉事物

- carry your plans through 實踐你的計畫

- My shirt was wet through with sweat.
我的襯衫完全被汗水弄溼了。

表示「時間點」的介系詞：until

圖解

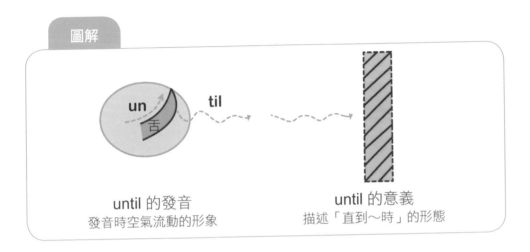

until 的發音
發音時空氣流動的形象

until 的意義
描述「直到～時」的形態

　　在發 until 的音時，舌頭阻擋了空氣的流動之後，又再度延伸出去，因此這種發音是「集中空氣之後，再把空氣向前推、進行延續的動作」，所以 until 解釋為「直到～為止」的意思。

- Wait here until I come back. 在這裡等我回來。

- I will love you until my death. 我會愛你直到死為止。

- I did not know the fact until he told me the truth.
  直到他跟我說了實話，我才知道真相。

- It was not until last week that I noticed it.
  直到上週我才注意到這件事。

- Wait till 12. 等到 12 點。
  解說 till 是 until 的口語用法，同樣表示「直到～時」。

Unit 44 表示「兩者之間」的介系詞： between

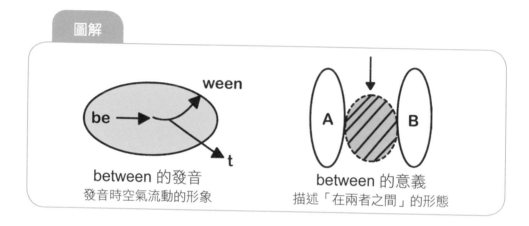

between 的發音
發音時空氣流動的形象

between 的意義
描述「在兩者之間」的形態

在發 between 的音時，會形成空氣「分別往兩邊流動」的形態，因此 between 所表達的是「**在兩者之間**」的意思。

• Something between snow and rain is coming down.
天空正下著像雪又像雨的東西。
解說 「介於雪和雨兩者之間」，就是像雪又像雨的東西。

圖解

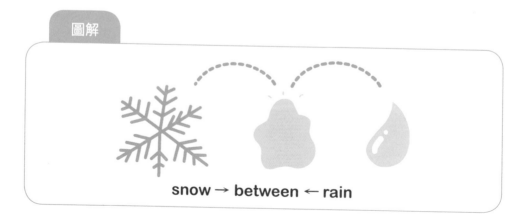

snow → between ← rain

- I was sitting between him and her.
  我坐在他和她中間。

  解說 between 使用於「在兩者之間」，若是「在三者以上之間」時，則要
  用 among 這個單字。

  　例：He liked history among other things.
  　　　在眾多的課程之中，他最喜歡歷史。

- Just between you and me, I think he is a shameless fellow.
  我認為他真是個無恥的傢伙，這是僅止於你我之間的祕密喔。

between 的發音當中，tween 的部分在發音的時候，空氣分別往兩邊流
動，所以含有「兩者」的概念，同樣的，下面單字的發音有也有異曲同工之
妙：two（兩個）／twins（雙胞胎）／twist（扭轉）。

圖解

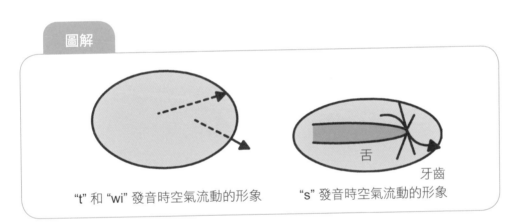

"t" 和 "wi" 發音時空氣流動的形象　　　"s" 發音時空氣流動的形象

圖解

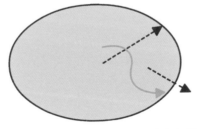

twist 發音時嘴裡的形象，形成扭曲的空氣流動

UNIT 45　表示「關係」的介系詞：like

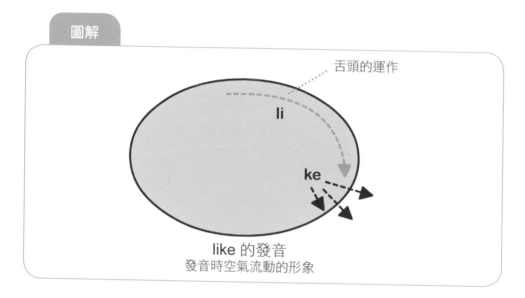

舌頭的運作

li

ke

like 的發音
發音時空氣流動的形象

　　在發 like 的音時，舌頭隨著上顎的形狀滑行，就好像模仿上顎的形狀似的，因此具有「像～」、「和～一樣」、「與～相似」的意義。

- She is just like her father. 她和她的爸爸長得一模一樣。

- The two brothers are very like each other.
  這兩兄弟長得很像。

- Like father, like son. 有其父必有其子（虎父無犬子。）

- However humble it may be, there is no place like home.
  天下沒有比家更好的地方，即便它是如此簡陋普通。

- He studies music, painting, and the like.
他學習和音樂與繪畫有關的事物。

活用英文的
時態

Unit 46　英文的時間概念

在英文裡，所有的行為都會受到時間的影響，因此「動詞」也會隨著時間的不同，而有所變化；這就是所謂的「時態」。

圖解

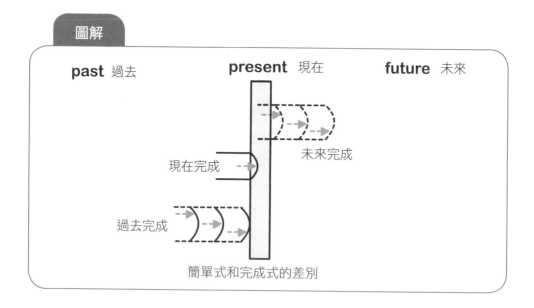

| past 過去 | present 現在 | future 未來 |

現在完成

未來完成

過去完成

簡單式和完成式的差別

1 了解簡單式和完成式

英文的一般時態，不會受到某種結果或影響而有變化，多半只是單純的描述某件事情的過去、現在、未來的狀態；相反的，完成式所要強調的，則是「一件事情到什麼時間才會完成？」或是「影響到何時？」等諸如此類的概念。

大多數人都已經習慣用完成式表現「動作的完成、結果、經驗、繼續」的概念，另外還可以透過圖像記憶，充分表達完成式句型。其實完成式在詞意的表達上，並不一定要刻意區分結果或經驗，只要自然地隨著表達的意

義，就能描繪出「結果」或「經驗」的情境。

　　至於完成式的時間點，可以是過去、現在、未來的任何一個時間點，不一定是發生在過去的事。比如以「過去完成式」為例，句型是「had＋過去分詞」，以過去的時間作為動作「完成、結果、經驗、持續形態」的基準。至於現在完成式，句型是「have(has)＋過去分詞」的形式，以現在的時間為基準點，表現動作的「完成、結果、經驗、持續形態」。未來完成式的句型則是「will(shall)＋have＋過去分詞」，以未來的時間為基準點，表達動作的「完成、結果、經驗、持續形態」。

透過發音，了解「時態」

　　先用文字來解說完成式，是不是覺得有些難懂呢？現在，我們會透過發音和圖像，以更自然的方式深入了解所謂的「完成式」。

　　基本上，完成式的基本形式是「have＋過去分詞」，可以把這裡的 have 記成「有～」的意思，至於過去分詞則為「分享詞類」的概念，依使用上的需要，可以用來說明動作或當做形容詞使用。

　　大部分的過去分詞都與動詞過去式的形態相同；如果不同的話，也通常會使用以 n 結尾的單字，例如 eaten / spoken / gone / born / frozen 等，此時 n 的發音形象呈現出一種「完成」的感覺，請用這個記憶方式來與「完成式」作連結。

2 簡單式和完成式的差異

　　透過以下的例句，進一步了解不同時態之間的差異：

・ He lived in Paris.
他住過巴黎。

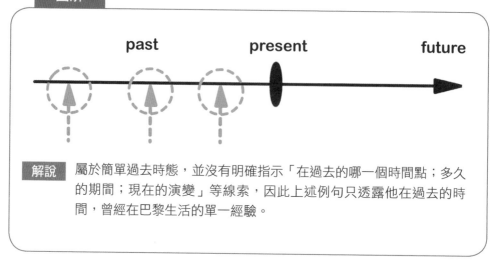

圖解

past present future

解說 屬於簡單過去時態，並沒有明確指示「在過去的哪一個時間點；多久的期間；現在的演變」等線索，因此上述例句只透露他在過去的時間，曾經在巴黎生活的單一經驗。

- He had lived in Paris for 50 years when he died.
  直到他去世，他在巴黎已住了 50 年的時間。

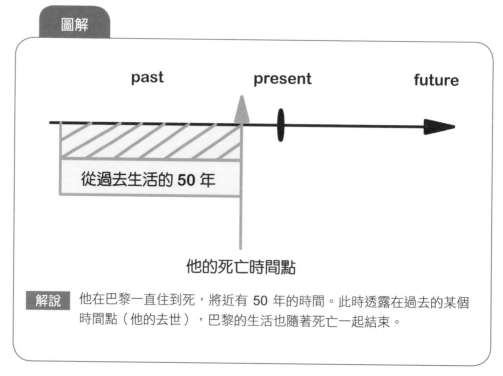

圖解

past present future

從過去生活的 50 年

他的死亡時間點

解說 他在巴黎一直住到死，將近有 50 年的時間。此時透露在過去的某個時間點（他的去世），巴黎的生活也隨著死亡一起結束。

· He lives in Paris. 他住在巴黎。

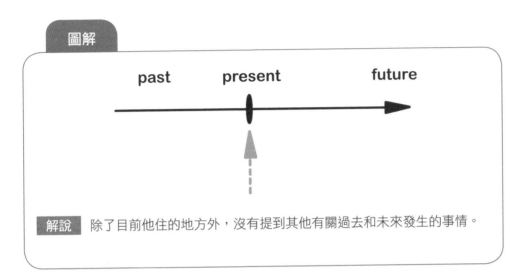

圖解

除了目前他住的地方外，沒有提到其他有關過去和未來發生的事情。

· He has lived in Paris. 他一直住在巴黎（現在也還住在巴黎）。

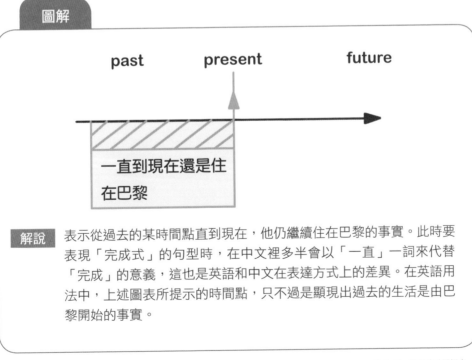

圖解

解說　表示從過去的某時間點直到現在，他仍繼續住在巴黎的事實。此時要表現「完成式」的句型時，在中文裡多半會以「一直」一詞來代替「完成」的意義，這也是英語和中文在表達方式上的差異。在英語用法中，上述圖表所提示的時間點，只不過是顯現出過去的生活是由巴黎開始的事實。

- He will live in Paris. 未來他將會住在巴黎。

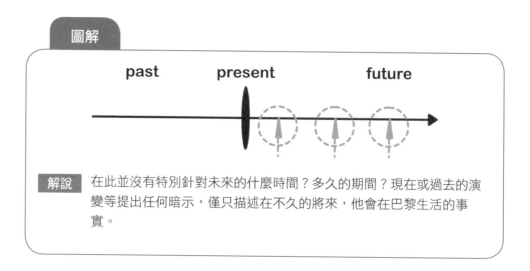

圖解

解說 在此並沒有特別針對未來的什麼時間？多久的期間？現在或過去的演變等提出任何暗示，僅只描述在不久的將來，他會在巴黎生活的事實。

- He will have lived in Paris just 60 years by next year.
  到了明年，他就在巴黎住滿 60 年了。

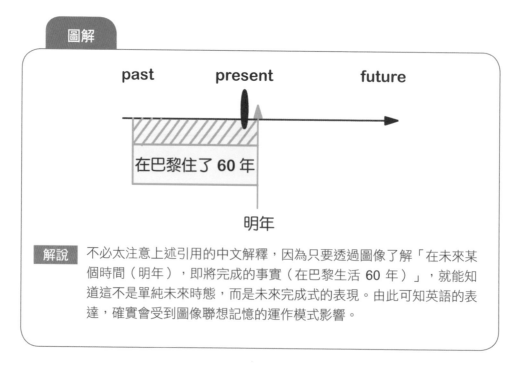

圖解

解說 不必太注意上述引用的中文解釋，因為只要透過圖像了解「在未來某個時間（明年），即將完成的事實（在巴黎生活 60 年）」，就能知道這不是單純未來時態，而是未來完成式的表現。由此可知英語的表達，確實會受到圖像聯想記憶的運作模式影響。

3 其他完成時態的用法

- Have you ever lived in Paris? 你住過巴黎嗎？

  解說 雖然是現在完成式的形式，卻出現了 ever「曾經」這個字彙，這是指那個行為到現在有可能沒有發生，表示以現在做為基準，談起之前發生的「經驗」，因此雖然是以現在完成式詢問，但只要有這樣的「經驗」，即使現在不是住在巴黎答案還是肯定的。

- Have you been in / to Paris? 你去過巴黎嗎？

  解說 若你在倫敦見到某一個人問如此的問題，此時表示以「現在」做基準，談論那之前「去過巴黎又回來」的「經驗」。

- He has gone to Paris. 他去了巴黎。

  解說 以現在做為基準，談論「已經去了巴黎」的「結果」，此時只是在說明「現在不在這裡」的事實，至於他有沒有到達巴黎、或抵達之後會停留多久的問題等，這些資訊就無法得知了。在完成式的表達中，當遇到像這樣「動作的完成或繼續不確定」的資訊，整個句子的意思也會因此改變。

- She has lost her bracelet. 她遺失了手鐲。

  解說 從這個現在完成式的句子裡，可以看出「到現在為止，還沒有找到被遺失的手鐲」的事實。如果是已經找到手鐲的狀態，就會使用過去完成式（had lost）來顯示「過去遺失手鐲」的事實；而如果是無法得知，到底是否有找到遺失的手鐲時，則使用單純過去式（lost）即可。

- I have bought a horse. 我買了一匹馬。

  解說 此時 buy 與上一句的 lost 一樣，視同上述現在完成式的情形，表示「過去的某個時間買了一匹馬，且一直養到現在」的事實。

過去分詞的「形容詞」用法

過去分詞的形態多半與動詞的過去式相同，或是以字母 n 結尾的形式出現。如果想進一步了解「為何過去分詞與動詞的過去式形式相同」，必須先理解過去式單字本身的發音特色。

隨著時間的流逝，「過去」已成了不可抹滅的往事，這時可以用「僵住」的發音形象來形容已固定的往事，因此動詞的過去式發音，也不約而同的表現出「僵硬」的感覺，用以描述已成定局的往事。例如英語的過去式字尾，通常會使用 d / ed / t 等字母來結尾。

透過發音來了解過去分詞的含義

如同上述，過去分詞不論使用於與過去式相同的形式，或者以 n 字母結尾的發音，皆表示「**僵硬的聲音，或以舌頭阻擋空氣無法往嘴外流出**」的發音形象，因此過去分詞的作用就是在表現「已固定」或「完成」的含義。

過去分詞可以用來描述動作，或是當作形容詞來修飾名詞。過去分詞使用於描述動作時，隨著時間的不同，動詞的行為也可以是過去的情況或即將完成的事實，因為所有的動作都會隨著時間的流動而固定住，因此現在所有的行為，在未來都將隨著時間的流逝，而成為已過去的往事。

那麼過去分詞當形容詞使用時，又會有什麼樣的變化呢？

形容詞並不會因時間的流動而受到影響，例如「漂亮的」、「小的」、「高的」，意義永遠不變；因此過去分詞作為形容詞使用時，即會呈現出「完成」或「僵化」的現象，不會因時間的流逝而有所變化，反而會受其他的內容約束。除此之外，「**過去分詞當作形容詞使用時，會以被動語態**」出現。

以下的例句是將過去分詞當作形容詞使用的情形：

- homemade articles
  手工藝品
  解說 用手做出來的藝品。

- ready-made clothes
  成衣
  解說 預先做好的衣服。

- spoken language
  口述語言
  解說 用講的語言。

- written language
  書寫語言
  解說 用寫的語言。

過去分詞的「被動語態」用法

被動語態主要是使用於被動句型中，被動句型中的主詞，在主動語態中當作受詞使用，中文翻譯為「被～」、「受到～」的意思。

被動語態通常用在不知道行為者是誰時，而把重點放在接受動作的對象，主詞則是在句型中為了避免造成語意模糊，或為了使被動語態的表達更自然順暢時才使用。

被動語態的表達，其實很「主動」

當大家想要完成被動語態的句型時，多半認為要先把主動句寫下來，例如「受詞往前移動，接著轉換動詞為『be＋過去分詞』的形態，最後再加上 by＋行為者」等順序來造句。不過有些人卻認為，這根本就是在浪費時間，因為要完成一個被動句，竟然每次都要寫下主動句，實在讓人覺得很麻煩。那麼，是否有更簡單的方法呢？

大家已經知道，當「過去分詞」用來當作「形容詞」時，也會有被動的意義。因此只要運用此概念，大家也能像造一般主動語態的句型般，以自然的方式寫出被動語態句型。

換句話說，如同 "She is beautiful."（she＝beautiful）的句型，只要在被動語態 "She is loved." 中，將（she＝loved）這樣的概念自然表達出來就行了。之後再依需要自行加入「by＋行為的主體」，一整句話就大功告成了！總而言之，按這些邏輯來看，這種「主詞（行為的對象）＋be 動詞＋過去分詞＋by＋行為的主體」的被動語態形式，其實也是依自然的思考模式，逐漸演變而來的。請參考以下的例句說明：

- He was elected chairman (by them).
  他被選為主席。

  解說 如果行為的主體是不特定的對象或不需特別註明時就可以省略，以及接受動作者比行為者更重要的情況時，就可以省略最後的「by＋行為者」。

- The dog was run over by a truck.
  那隻狗被卡車輾死了。

- He loves his neighbors and is loved by them.
  他愛他的鄰人，也受鄰人所愛。

被動語態的各種變化

- The door is shut at six every morning.（表示動態）
  那扇門在早上 6 點鐘關閉。

- The door is shut, so you cannot enter.（表示靜態）
  那扇門已關閉，所以你不能進去。

- I got (=became) acquainted with him ten years ago.（表示動態）
  我是在 10 年前認識他的。

- I was acquainted with him.（表示靜態）
  我早已認識他了。

- He was buried here the day before yesterday.（表示動態）
  前天，他被埋葬在這裡。

- He lay buried here.（表示靜態）
  他被埋葬在這裡。

  解說 有時需要特別區分為被動句的詳細情況，光從「be＋過去分詞」形式並無法區分被動的狀態，所以用「get / become / grow＋過去分詞」當作動態的表現，而「lie / rest / remain / stand＋過去分詞」則是靜態的表達。

- He was drowned to death last night.
  他昨晚溺斃了。

  解說 be surprised (at) / be drowned (to) / be disappointed (in) / be pleased (at) / be satisfied (with) / be derailed (at) 等，雖然是被動態的片語，但譯成中文時，就會讓人有主動的感覺了。

- This book sells (=is sold) very well.
  這本書賣得很好。

- This novel reads (=is read) like a poem.
  這本小說讀起來像詩。

  解說 看似主動的形態，其實是含有被動意義的動詞所構成的句型，這種情況稱為「主動被動態」，多半與補語或副詞（片語）一起使用。

- He had (=got) his laptop stolen. （表示被動）
  他的筆記型電腦被偷走了。

- He had (=got) his laptop mended. （表示使役）
  他的筆記型電腦被修好了。

　　上面兩個句型雖然各自是被動和使役的用法，不過大家不一定要特地去區分，而是要了解其中的意思。例如在這兩個例句中出現的 laptop 單字，的確是被動接受了某動作（被偷或被修理），因此當然要使用被動語態用法。

grammar tip

含有被動意義的使役動詞

- She had her husband die. （表示被動）
  她的丈夫已去世了。
- She had her daughter sweep the room. （表示使役）
  她讓她的女兒打掃房間。

　　上述兩個例句中所區分出來的被動或使役形式，只不過是為了便於分辨文法上的不同。其實若以單純的英語角度來看，她的丈夫雖然說是遭遇了死亡，不過丈夫死了（her husband die）嚴格來說仍算是主動的意義，所以使用了不表示被動的 die。同樣的，叫女兒打掃不一定就是被動語態，反而是女兒自己要做打掃（her daughter sweep）的動作，是主動的意義，這也是為什麼不使用被動的 swept 的原因。

　　練習完主動語態的句型後，我們再次轉換成被動態以及使役被動態句型。其中變換的程序有些複雜，我們先來看看，下列這些句子是如何由主動語態轉換為被動語態句型的吧。

- Sandy sweeps the living room. 仙蒂打掃客廳。
⇨ The living room is swept by Sandy.
　解說 be 動詞依照主詞的人稱和數量做變化，但時態不會改變。

- Somebody must have taken it away.
　一定有人把它拿走了。
⇨ It must have been taken away by somebody.

- You shall not call me a fool. 你不應該叫我笨蛋！
⇨ I won't (=will not) be called a fool by you. 我不會被你叫笨蛋。
　解說 將主動句改為被動句時，may, must, can, should, would, ought to 等助動詞不會有改變，但 shall 和 will 則會隨著主詞的種類而有所變化。

- My father gave me this car. 爸爸送了這輛車子給我。
⇨ I was given this car by my father.（間接受詞當作主詞）
⇨ This car was given (to) me by my father.（直接受詞當作主詞）

- I wrote him a letter of introduction. 我寫了一封介紹信給他。
⇨ A letter of introduction was written (to) him by me.
　解說 give, show, tell, teach 等授予動詞擁有兩個受詞，分別是間接受詞和直接受詞，由不同的受詞當主詞時有不同的形式。但是 write, sing, make, entrust 等動詞不能把間接受詞當作主詞使用。

- They made her go. 他們讓她走了。
⇨ She was made to go by them.

　解說 made 是使役動詞 make 的過去式。

- We heard him say so. 我們聽到他這麼說。
⇨ He was heard to say so.

　解說 在被動語態中，使役動詞 make, let, have 或感官動詞 see, hear, watch, feel, perceive, observe 的受詞補語要使用 to 不定詞。而 cause, allow, get 等動詞雖含有使役的意義，但卻不被認定為使役動詞。

- Do not forget it. 不要忘記了。
⇨ Let it not be forgotten.
⇨ Don't let it be forgotten.

　解說 否定祈使句的被動態有兩種形式：分別是「Let＋受詞＋not＋be＋過去分詞」和「Don't＋let＋受詞＋be＋過去分詞」。

- Who showed you the way? 誰教你這個方法？
⇨ By whom were you shown the way?
⇨ By whom was the way shown (to) you?

　解說 疑問句的被動語態為「（疑問詞）＋be 動詞＋主詞＋過去分詞」的，以 who 做為主詞的疑問句，要把 "By whom" 移到最前面，因為 "By whom" 在意義的傳達上扮演較重要的角色。

- The president is giving an address. 總統正在發表演說。
⇨ An address is being given by the president.

　解說「be 動詞＋being＋過去分詞」表示進行式的被動語態。

- People say that she was a remarkable designer.
　大家都說她是一個非常優秀的設計師。
⇨ It is said that she was a remarkable designer.
⇨ She is said to have been a remarkable designer.

　解說 say, think, know, consider, believe 等動詞，以 that 子句當做受詞時，被動語態可以「It is＋過去分詞＋that 子句」或「that 子句中的主詞＋be 動詞＋過去分詞＋to 不定詞」兩種形式表示。

UNIT 49 用 V-ing 的形式表示進行式

　　進行式為「正在～中」的意思，不管是中文裡的「～中」或是英文裡以 -ing 結尾的英文單字，大家發音時試著閉上眼睛仔細感受，一定會感覺到耳朵內的鼓膜中持續留下「嗡…」的聲響，這是因為在做「嗡…」的發音時，空氣持續流動並擴散到耳朵內部引起震動的關係。

▶▶ -ing 的發音，引起共鳴的原理

圖解

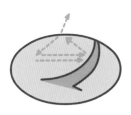

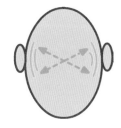

in 發音時空氣流動　　　　　ing 發音時的空氣流動

解說
在發 "in" 的音時，因為由舌尖阻擋空氣並往前推出去，反而使空氣往內反射流動。

解說
在發 "ing" 的音時，持續反射的空氣，擴散到兩邊，並連續刺激耳朵，引起共鳴。

　　動詞的進行式，也就是把有持續性回音的 "-ing" 放在動詞後面，並做持續性的發聲，因此可聯想到「某動作正在進行中」的含義。

那麼現在讓大家進一步了解進行式「be 動詞＋V-ing」的句型。句型中的動詞與 "ing" 結合後，因為形態上的改變，導致無法辨識時間和人稱，因此需要其他動詞來取代它原來的功能，那麼，要放進什麼動詞好呢？在句型中的進行式，表示「正在進行中～」、「正在成為～」的意思，be 動詞則是「是～」、「有～」的意思，所以理所當然把進行式的句型造為「be 動詞＋V-ing」。請參考以下的例句：

- I am writing a love letter to you.
  我正在寫一封情書給你。

- He is reading a novel on a rocking chair.
  他正坐在搖椅上看小說。

- What are you talking about?
  你到底在說些什麼？

非限定
動詞

UNIT 50 什麼是非限定動詞？

　　是不是還記得國中，或是高中老師老是聲嘶力竭的重覆說「英文的基本結構就是主詞＋動詞＋受詞」？相信很多人都對這個規則滾瓜爛熟了，其實在英文的基本句型中，一個句子只能有一個動詞，這個動詞用來描述主詞的動作或狀態，一般稱為「謂語動詞」，謂語動詞的形態必須**隨著主詞的人稱和數量改變**，好像被限制住了一樣，所以也被稱為「**限定動詞**」。

　　但是在許多時候，為了表達的便利性，我們難免需要使用兩個以上的動詞來表達更完整的語意。為了不違背英文的基本原則，我們保留動詞原本的意義，將動詞作些微的改變，改變後的動詞會保有原來的意義，但已經不具有「動詞」的身分了，這個動詞**不會受到主詞的人稱和數量所影響**，因此我們把它叫做「**非限定動詞**」。

　　非限定動詞可以用來代替其他的詞性，不過，我們並不需要刻意去區分非限定動詞在句子中所替代的詞性，儘可能以最自然的方式活用，延伸它的意義。那麼，現在請大家繼續看以下的說明：

非限定動詞的三種用法

　　雖然非限定動詞是由動詞轉變過來的，但是並不是真的只能當作動詞使用，轉換之後的非限定動詞，可視使用的需要，代替**名詞**、**形容詞**、**副詞**這三種詞類。

　　非限定動詞包括了 **to 不定詞**、**動名詞**和**現在分詞**，從外觀上看來，有「**to＋原形動詞**」、「**原形動詞＋-ing**」這兩種形式。也就是說，只要了解英語中的這兩種形式，就能活用大多數的非限定動詞了。事實上，在日常生活中使用的英語，非限定動詞的使用並沒有特殊的限制和規定，而是以隨意、靈活的方式，做出隨心所欲的表達。

那麼，在英文的八大詞類中，**非限定動詞到底可以用來代替哪些詞性的作用呢？**非限定動詞無法代替代名詞、介系詞、感嘆詞、連接詞的用法，除掉這些詞類後，就只剩下名詞、形容詞、副詞、動詞這四個詞類。此時再次移除動詞（因動詞不需要以同樣的動詞取代使用），最後就只剩下名詞、形容詞和副詞。

不過，在使用非限定動詞時候並不需要執著於區分出這三種用法，只要依表達的需要，將非限定動詞活用於名詞，形容詞，副詞的位置。實際上，只要理解最基本的原則，使用非限定動詞其實是一件很簡單的事。

- He wants me to go there. 他想要我去那裡。

  解說 want 是本句的「謂語動詞」即為「限定動詞」，因此會受到第三人稱單數 he 的影響而變成 wants，而本句因為已經有了動詞 want，因此另一個動詞 go 就必須改成 to go，變成「非限定動詞」中「to 不定詞」形態，才能在同一個句子中與動詞 want 共存。

Unit 51　非限定動詞的兩大形式

　　英文的非限定動詞是將「to＋原形動詞」或「原形動詞＋-ing」這兩種形式應用於時間概念上，就能簡單又能輕鬆地表達完整的語意。

　　但是，為什麼英語要用「to＋原形動詞」或「原形動詞＋-ing」這兩種形式來變化動詞呢？就讓我們在這個章節做更進一步的了解吧！

　　動詞的行為必定是隨著時間逐漸形成的，因此，使用動詞絕不可能與時間的概念脫離，也就是說，動詞的使用必定會伴隨著時間的變化。

　　那麼請大家先參考一下中文的用法，下面以「睡覺」的動作為例，在不同時間裡進行的動作會使用不同的方法來表達：

① 我要去睡覺了。
　　→ 表示未來會睡覺。

② 在森林裡沈睡的睡美人。
　　→ 表示睡美人正在睡覺。

③ 我已經醒了。
　　→ 表示從過去的某個時間點開始睡了一段時間，現在已經停止睡覺的動作了。

④ 我在床上一邊睡覺一邊作夢。
　　→ 表示在睡眠狀態中作夢，兩個動作同時進行。

⑤ 睡眠是維持生命必要的活動。
　　→ 沒有時間概念的表達，只做事實的陳述。

⑥ 我記得我曾經在老虎的洞穴裡睡覺。
　　→ 表示過去的經驗。

⑦ 昨天晚上我睡得很熟。
　　→ 表示過去的動作。

⑧ 他已經睡著了。
　　→ 表示已經發生的動作。

看起來，中文的動詞也帶有時間的概念，只不過你在使用的時候沒有發現而已。下面就要透過圖解點出時間概念，分析英文的非限定動詞。

1 「原形動詞＋-ing」的非限定動詞形式

圖解

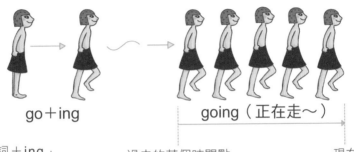

go＋ing　　　　　going（正在走～）

以「原形動詞＋ing」
的形式表示某動作正在
進行中（進行式）。

過去的某個時間點　　　　　　　現在

把「原形動詞＋ing」的形式當作名詞
使用時，用來表達一個現在正在進行的
動作，而這個動作有可能是從過去的某
個時間點就已經開始的。

解說　進行一個動作的同時，又進行另一種動作。
在上述圖中描述「一邊吃著棒棒糖，一邊走路」的行為，表示「走」
和「吃」這兩個動作，在同一時間一起進行，在這種情況之下，只要
作為背景畫面介紹的動詞使用「原形動詞＋-ing」的形式，便能同時
進行兩種動作。

Eating a lollipop, he walked to the market.

他一邊吃著棒棒糖，一邊走路到市場。

・Harry stopped writing a letter to Juliet.
哈利停止了寫信給茱麗葉的動作。
解說 停止正在進行中的動作。

- Harry forgot posting the letter to Juliet.
  哈利忘記已經把信寄給了茱麗葉。
  > 解說 忘了過去已經做過的動作。

- Missing Juliet, Harry wrote a letter to her.
  哈利一邊想著茱麗葉，一邊寫信給她。
  > 解說 表示同時進行兩個動作。

2 「to＋原形動詞」的非限定動詞形式

圖解

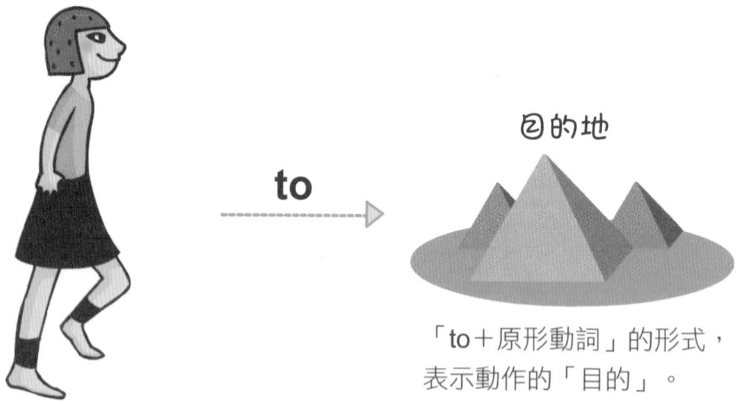

目的地

「to＋原形動詞」的形式，
表示動作的「目的」。

在句型中有兩個動作時，若以「to＋原形動詞」的
形式連接此兩個動作，就是「時間前後」的表現。

> 解說 所謂目的地就是「前往的地方」，含有未來的時間概念；以此概念表
> 達「未來的動作」時，則使用「to＋原形動詞」。

- I came here to see Mr. Ford.
  我來這裡是要看福特先生。
  解說 「to＋原形動詞」表示目的。

- Harry forgot to post the letter to Juliet.
  哈利忘記要寄信給茱麗葉。
  解說 表示未來的動作。

- Juliet opened the envelope to find it empty.
  茱麗葉打開信封卻發現裡面是空的。
  解說 表示時間前後的兩個動作。

　　"ing" 的發音有「**持續進行**」的效果，與動詞結合後，可以表達正在進行的動作，發展出「**進行式**」的概念。

　　"to" 是介系詞，原本是用來表示「前往目的地」的語意。「to＋原形動詞」則引申有「未來」、「目的」、「時間差」等概念。

　　另外，**使用 "stop / forget / remember" 等動詞時，後面接「原形動詞＋-ing」和「to＋原形動詞」就會產生兩種不同的意思**，請看以下的詳細解說。

- He stopped smoking.
  他停止抽煙。
  解說 本來的動作是在抽煙，但卻中止了抽煙的動作。

- He stopped to smoke.
  他停下來抽煙。
  解說 本來不是在抽煙，但卻中止原本的動作，開始抽煙。

- She forgot posting the letter.
  她忘記曾經寄了一封信。
  解說 忘記已經做過的事（事實上已經做了）。

- She forgot to post the letter.
  她忘記要去寄信。

  解說 忘記要去做的事 → 事實上沒有做。

- She remembered posting the letter.
  她記得曾經寄了信。

  解說 記得做過的事 → 事實上已經做過那件事了。

- She remembered to post the letter.
  她記得要去寄信。

  解說 記得要去做某件事 → 事實上還沒做。

UNIT 52 非限定動詞的主詞與受詞

　　非限定動詞仍保留動詞原本的意義，因此使用非限定動詞的時候，可以保留非限定動詞本身原有的句型結構。也就是說，**在使用非限定動詞的時候，視情況仍然可以保留原來的主詞、受詞、補語**等元素。

　　請看下列例句，將 "I dance with her." 和 "I love it." 兩句合併為一句，就成為 "I love to dance with her." 或 "I love dancing with her."，合併後的句子仍保留了介系詞和受詞的部分。

　　我們再看一個例句，將 "I am a writer." 改寫為 "I want to be a writer."，改寫後的句子也保留了補語的部分。

　　所以，非限定動詞的使用方法可以說是非常簡單，只要在動詞字尾固定加入 "ing" 或在前面加上 "to"，這兩種形式選一種就行了。

　　而且，使用了非限定動詞之後，並不會影響動詞後面原有的句型結構（受詞和補語等），另外，在順序和形態上也都不會有變化，只要原封不動地沿用下來就行了，真的是非常方便呢！

▶▶ 非限定動詞的使用

　　「**原形動詞＋ing**」的非限定動詞形式，可以代替名詞、形容詞、副詞等詞類使用，為了方便辨識性質上的不同，所以在「**原形動詞＋ing**」當作**名詞**使用的時候，稱其詞性為「**動名詞**」；當作**形容詞**或**副詞**使用時，則稱其詞性為「**現在分詞**」。

　　「**to＋原形動詞**」的非限定動詞形式，在詞性上的區別是「**to 不定詞**」，to 不定詞也可當作名詞、形容詞、副詞等詞類來使用。

動名詞和現在分詞的區分

當「原形動詞＋ing」形式，移到名詞前面當作形容詞使用時，如果是說明「用途」，就是「動名詞」；說明「動作或形態」時，則是「現在分詞」。不過使用時不需要刻意去區分，因為這些只是文法上的參考用法。

① **動名詞** a drinking party (=a party for drinking) 酒會

　 現在分詞 a drinking boy (=a boy who is drinking) 正在喝酒的男孩

② **動名詞** a sleeping car (=a car for sleeping) 臥舖列車

　 現在分詞 a sleeping girl (=a girl who is sleeping) 正在睡覺的女孩

③ **動名詞** Your being absent gave me much trouble.

　 (=The fact that you were absent gave me much trouble.)

　 你的缺席帶給我很多困擾。

　 現在分詞 You being absent, I had much trouble.

　 (=As you were absent, I had much trouble.)

　 =你缺席帶給我很多困擾。

接下來我們來看看，有的時候，兩種非限定動詞形式是可以互換的，例如，將 "I play tennis with Mary."（我和瑪麗打網球。）和 "It is fun."（那很有趣。）這兩個句子，合併成下面兩種句子：

- Playing tennis with Mary is fun.
  和瑪麗打網球很好玩。

- To play tennis with Mary is fun.
  和瑪麗打網球很好玩。

在上述句子中，使用非限定動詞並不會破壞動詞後面原有的句型結構，不過，細心的你也許注意到了，原句中的主詞 "I" 並沒有被保留下來。這是因為如果保留了原有的主詞，就會使改寫後的句子語意難懂，因為在這邊，非限定動詞作為名詞使用，在新的句子中擔任主詞的角色，如果保留了舊主詞，那這個句子不就有兩個主詞了嗎？那可不行！所以遇到這種情形的時

候，就要變更主詞的形態。

- I playing tennis with Mary is fun.（ × ）
  我和瑪麗打網球很好玩。

- I to play tennis with Mary is fun.（ × ）
  我和瑪麗打網球很好玩。

上述兩種句型，既不能表達進行，也不是一般的敘述，意義模糊難懂。那麼，要怎麼做才能正確地使用非限定動詞呢？

主詞後面如果接著出現非限定動詞，會使得原本的主詞無法發揮作用。所以現在，我們就來了解一下非限定動詞的「主體」，也就是「意義上的主詞」。為了使句子易讀，要如何改變主體的形態呢？

▶▶ 動名詞的主詞變化

動名詞是使動詞名詞化，從「某人做了～」的內容，轉換意義為「某人做了～的事實」，所以原本表示「行為主體」的主詞，會轉變為「擁有名詞」的主體，因此必須把主體改為「**所有格**」的形式。

- your coming home 你回家的事實

- my going abroad 我出國的事實

🔴 grammar tip

動名詞意義上的主詞

如果動名詞的主體與句型中的主詞相同，在一般的用法中，不需要保留動名詞意義上的主詞，所以省略即可，例如 "Seeing is believing."。另外，如果意義上的主詞是無生命物或無所有格時，可以不使用所有格的形式。

· There is no prospect of the concert being a success.
  這場音樂會不被看好。
· He could not hear of that being impossible.
  他不想要聽到「那件事是不可能的」的事實。

▶▶ to 不定詞的主詞變化

　　介系詞 to 表示「方向」和「目的」，不過，要成立一項目標，當然不是憑空實現的，一定要具備一個採取行動去完成目標的主體，所以會在不定詞之前加上「for＋人」來表示**要去完成這項目標的對象**。另外，為了不讓前面 to 不定詞的主詞太長，使句子有頭重腳輕的感覺，我們常會把假的主詞 it 放在前面，然後把 to 不定詞所帶出來的整串主詞丟到後面去。

- To read this book is necessary for you.
  = It is necessary for you to read this book.
  閱讀這本書對你而言是必要的。

- It is too difficult for me to solve this problem.
  對我而言，要解決這個問題非常困難。

- It is easy for me to drive a car.
  開車對我來講非常簡單。

　　但是，在 to 不定詞意義上的主詞前面，如果有表示「**人格特質**」的形容詞，就必須以介系詞 "of" 代替 "for"。因為在這種情況下，形容詞是用來說明主體的人格特質，因此可以將形容詞視為主體所屬，所以，使用 "of" 來表達「所有」的概念就很自然地產生了。

- It is very kind of you to help me.
  你人真好，幫了我的忙。
  解說 原來的句子是 "You are very kind"。在意義上，kind 為 you「所有」的特質之一。

- It is foolish of you to act like that.
  你那樣做真是愚蠢。
  解說 原來的句子是 "You are foolish"。在意義上，foolish 為 you「所有」的特質之一。

53 非限定動詞的名詞用法

　　前面已經提過，非限定動詞可視乎使用的需要來代替名詞、形容詞、副詞這三種詞類。在這裡，我們先來討論一下非限定動詞的名詞用法。名詞可以當作主詞、受詞、補語，後面的章節會特別針對受詞作用的部分做詳細的解說。

　　非限定動詞有兩種形式：「to＋原形動詞」和「原形動詞＋-ing」。**有些動詞後面只可以接「to＋原形動詞」，有些只能接「原形動詞＋-ing」，有些動詞則是兩者皆可**，其中，有的動詞接「to＋原形動詞」和「原形動詞＋-ing」會產生截然不同的意義，而有些動詞接「to＋原形動詞」和「原形動詞＋-ing」所表達的意思都是相同的。透過以下的例句說明，我們會做進一步的了解。

■ 可以接動名詞和不定詞的動詞

　　begin, start, like, love, intend 等動詞後面，都可以接動名詞和不定詞兩種形式做為受詞，且意義完全相同。然而，stop, remember, forget 這幾個動詞後面接動名詞和不定詞則是會產生不同的意義。

▶▶ 形式不同，意義相同

　　下列非限定動詞的例句，只是單純的將行為名詞化，並不會因為形式的不同而產生意義上的差距。

▶ 眼見為憑。

Seeing is believing.

= To see is to believe.

▶ 開車旅行是我的興趣。

To travel by car is my hobby.

= Traveling by car is my hobby.

▶ 說謊是不對的。

To tell a lie is wrong.

= Telling a lie is wrong.

▶ 我愛吃東西。

I love to eat.

= I love eating.

▶ 貓咪喜歡抓沙發。

Cats like to scratch at sofa.

= Cats like scratching at sofa.

● grammar tip

非限定動詞的名詞用法

之前已經提過由「圖像構成原理」所完成的英文句型用法，動詞也是構成圖像的元素之一。但是由於在各時間點上，放置的圖像元素不同，就會產生意義上的差異。非限定動詞也有這樣的情形，有時候不同形式的非限定動詞所表達的意義是不一樣的。

▶▶ 形式不同，意義也不同

圖解

「原形動詞＋-ing」的概念

go（走）＋ing　　　going（正在走～）

解說

以「原形動詞＋-ing」的形式，表示正在進行中的動作；當名詞使用時，也能表示「進行中的狀態」。

解說

進行中的動作除了有正在進行的意義，也意味著動作之前就已經開始。把「原形動詞＋-ing」當作名詞使用時，必要的話也能用來表達「比基準時間更早以前」的動作。

圖解

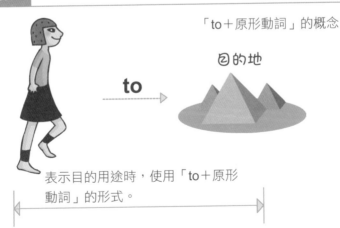

「to＋原形動詞」的概念

目的地

to

表示目的用途時，使用「to＋原形動詞」的形式。

解說　所謂目的地就是「要前往的地方」，指的就是未來的概念。因此，「to＋原形動詞」的形式可用來表達「未來的行為」的概念。

非限定動詞作為名詞使用時，如果作為 stop, forget, remember 等動詞的受詞，使用兩種非限定動詞的形式會產生不同的意義。

- He stopped smoking. 他戒煙了。
  解說 表示停止從過去到現在一直進行的行為（抽煙）。

- He stopped to smoke. 他為了抽煙而停下來。
  解說 表示停止正在做的動作，而去執行另一個動作。

- She forgot posting the letter. 她忘記曾經寄了一封信。
  解說 表示忘記已經做過的事，post 的動作也比 forget 還要早發生。

- She forgot to post the letter. 她忘記要去寄信。
  解說 "to post the letter" 表示未來的行為或目的，事實上現在還沒做。

- She remembered posting the letter. 她記得曾經寄了信。
  解說 post 的動作比 remember 還要早發生。

- She remembered to post the letter. 她記得要去寄信。
  解說 "to post the letter" 表示未來的行為或目的，事實上現在還沒做。

2 只能接 to 不定詞的動詞

以下動詞皆具有明確的「目的」或「未來時間」的概念，故必須以 to 不定詞做為其受詞：agree, choose, decide, desire, expect, hope, mean, plan, pretend, promise, refuse, want, wish。

- I decide to study abroad. 我決定出國唸書。

- I plan to travel around the world after I retire.
  我計畫退休以後要環遊世界。

- He wants to buy a pair of jeans. 他想要買一條牛仔褲。

- The movie star refused to answer the question.
  那個電影明星拒絕回答那個問題。

3 只能接動名詞的動詞

　　下列動詞一定要以動名詞作為受詞如：admit, give up, enjoy, finish, risk, mind, miss, escape, avoid, deny, regret。

- I gave up smoking. 我戒煙了。

- I finished reading the novel. 我讀完那本小說了。

- He risked getting injured. 他冒著受傷的危險。

- Do you mind my smoking? 你介意我抽煙嗎？

- I slept late and missed going to the meeting this morning.
  我睡過頭，錯過了今天早上的會議。

- He couldn't escape getting injured. 他無法避免受傷。

- He denied having said so. 他否認講過這些話。

grammar tip

介系詞的受詞

介系詞通常以名詞、代名詞作為受詞，但有時也會使用動名詞、形容詞、分詞、副詞、子句等作為其受詞。另外，一些像介系詞的單字如：about, but, except, save 等則是只能把不定詞當作其受詞；相較之下，動名詞可作為所有介系詞的受詞。換句話說，介系詞的受詞大部分都是採用動名詞的形態。

① I feel like going out. 我想出去外面。

　解說 like 是介系詞，表示「像～」。

② On receiving the letter, he went out. 他一收到那封信就出去了。

　解說 若使用 "on to receive the letter" 的形態，在理解上就會產生混亂。

③ Charlie persuaded Jane into taking care of the homeless child.
查理說服珍去照顧那個無家可歸的小孩。

　解說 若使用 "into to take care of the homeless child"，在理解上就會產生混亂。

④ She was about to start. 她現在正要出發。

　解說 在使用 about, but, except, save 等單字時，只能使用不定詞作為受詞，雖然 about 在此看來像介系詞，但詞性其實是形容詞「正要做…的」。

非限定動詞的形容詞用法

被當作形容詞使用的 to 不定詞，隱含著「未來」或「目的」的意義，而當作形容詞使用的「原形動詞＋ing」，也猶如 ing 的發音形象，表示「進行中」的意義。

1 含有「未來」意義的 to 不定詞

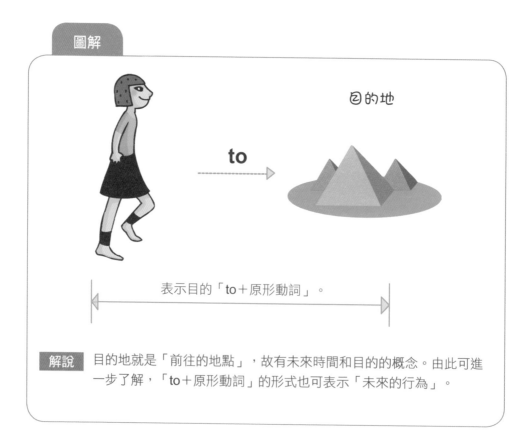

圖解

目的地

to

表示目的「to＋原形動詞」。

解說　目的地就是「前往的地點」，故有未來時間和目的的概念。由此可進一步了解，「to＋原形動詞」的形式也可表示「未來的行為」。

- I have no book to read.
  我沒有書可以看。

- I need something to eat.
  我需要吃些東西。

- He has no family to live with.
  他沒有家人可以一起住。

- She has no house to live in.
  她沒有房子可以住。

- Go and find something to sit on.
  去找一下有沒有東西可以坐。

- He is to buy the car.
  他預定要買那部車。

- You are to obey your parents.
  你必須順從你的父母。

- He is to be poor.
  他會變窮。

- Nothing is to be seen.
  沒有東西可以看。
  解說 隱含著「未來」的意義。

- If you are to succeed, you must work hard.
  如果你想要成功，你必須努力工作。

2 含有「進行中」意義的「原形動詞＋ing」

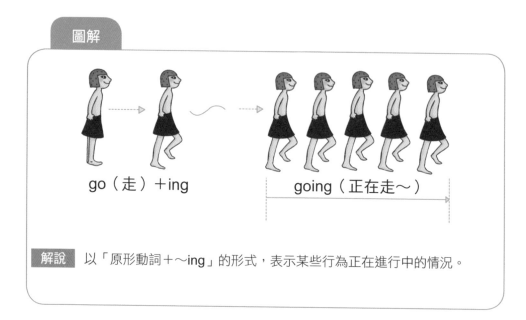

圖解

go（走）＋ing　　　going（正在走～）

解說　以「原形動詞＋～ing」的形式，表示某些行為正在進行中的情況。

- There is a sleeping baby under the tree.
  樹下有個正在睡覺的小嬰孩。

- Look at the flying birds in the sky.
  看看在天空飛翔的鳥兒。

▶▶「原形動詞＋ing」使用於形容詞時的語調

❶ 除了字面上是進行式的形式外，還要特別強調「進行中」的意義時，此時就要加重發音上的語調，加強語調的目的是強調行為本身的意義，表示「專用於～；以～為用途的」。

- a slèeping room 專用來「睡覺」的房間 → 臥房
- a dìning room 專用來「吃飯」的房間 → 餐廳
- a drèssing room 專用來「更衣」的房間 → 更衣室
- a wàiting room 專用來「等候」的房間 → 等候室

❷ 在一般情況下，後面接的名詞若處於加強部分時，發音時必須加重名詞的語氣。

　　• a sleeping bàby 正在睡覺的小孩
　　• a dancing gìrl 正在跳舞的女孩

非限定動詞的副詞用法

非限定動詞以「to 不定詞」或「原形動詞＋ing」兩種形式，應用於名詞、形容詞、副詞這三種詞類，因此需要以非限定動詞形式來表達各種情況時，即可隨時以這兩種形式套入上述的各種詞類應用中。

我們在生活中所使用的副詞表達，也可以用「to 不定詞」或「原形動詞＋ing」的形式表示。一般的文法書中所提到的「目的、原因、理由、結果、條件、讓步、時間、附屬情況、獨立不定詞」等，皆是從非限定動詞的副詞形整理出來的結果。動詞可活用於不同目的，因此可細分為「各種不同的用途」；換言之，只要懂得善加運用「to 不定詞」和「原形動詞＋ing」的形式，不管是如何去活用非限定動詞，最後都會歸於這些範圍內。

現在讓我們簡單了解「原形動詞＋ing」和「to 不定詞」形式的屬性和活用方法。

把非限定動詞當作副詞使用的基本方法是，當主句的內容幾乎與子句的內容同時進行時，必須使用「原形動詞＋ing」的形式，其他的狀況則一律使用「to 不定詞」的形式。

文字的說明太抽象了嗎？現在，讓我們用圖像解析的方式來深入理解上述的情況吧。

1 「原形動詞＋ing」作為副詞：表示動作的進行

圖解

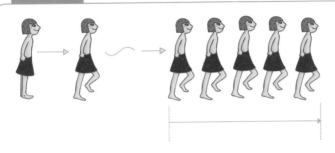

解說

用於某動作正在進行中，卻同時進行另外一個動作的情況。左側圖畫是描述「一邊吃著棒棒糖走路」的行為，「走路」和「吃東西」兩種動作同時在進行。此時，只要作為背景畫面介紹的動詞使用「原形動詞＋ing」形式，便能表現出在同一時間進行兩種動作的情形（現在分詞）。

Eating a lollipop, he walked to the market.

他一邊吃著棒棒糖，一邊走路到市場。

• Walking along the street, I met Jane.
  我在路上散步時遇見珍。
  解說 在走路的時候碰到珍，表示「一個動作正在進行，同時發生另外一件事情」的情況。

• Having something to do now, I can't go with you.
  我現在有事，無法跟你一起去。
  解說 正在做某件事情，同一時間又要陪同別人一起去某處，表示「同時間進行」的情況。

- Turning to the right, you will find the police station.
  往右轉，你就會找到警察局。

  解說 轉方向的同時也會看到，表示「同時間進行」的情況。

- Smiling brightly, she suffers from the pain of cancer.
  她燦爛的笑容背後，隱藏了因癌症所帶來的痛苦。

  解說 感到痛苦的同時，臉上也露出笑容，表示「同時間進行」的情況。

- Being distorted with pain, she yelled for help.
  她因為受到痛苦折磨，大聲求救。

  解說 受到折磨的同時，也大聲求救，表示「同時間進行」的情況。

- Hearing of her son's safety, she was happy.
  她聽到兒子安全的消息，感到非常高興。

  解說 在聽到消息的同時，也感到高興，表示「同時間進行」的情況。

2 「to 不定詞」作為副詞：表示未來的目的和時間差異

在探討 to 不定詞作副詞使用的意義之前，先來回想一下介系詞 "to" 的屬性，就可以從中找到文意的相關性。"to" 原本是表示「往目的去」，所以從現在所在的地點到目的地，就會產生「時間差」。透過這些概念和原理，就能輕易理解 to 不定詞的副詞用法。

因此 to 不定詞當作副詞使用時，是指「有關某動作的原因、目的、結果」等，表示「時間的差距之間所發生的動作」，而不是強調同時進行的行為，這一點是與「原形動詞+ing」當作副詞時，最大的不同。

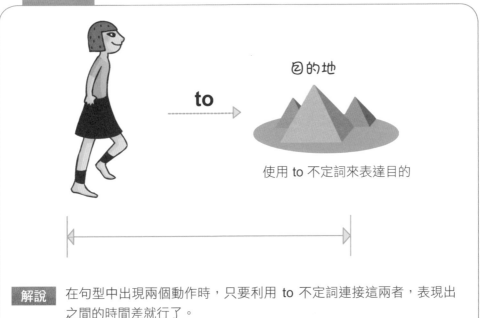

圖解

目的地

to

使用 to 不定詞來表達目的

解說　在句型中出現兩個動作時，只要利用 to 不定詞連接這兩者，表現出之間的時間差就行了。

- We work to live, not live to work.
  我們為了生活而工作，不是為了工作而生活。（表示目的）

- She is happy to see her son again.
  她很高興能夠再次見到她的兒子。（表示原因）
  解說　見到之後才會感到高興，這兩者之間有時間差。

- She was happy to hear of her son's safety.
  她聽到兒子安然無恙，感到十分高興。（表示原因）
  解說　表示「聽完消息」和「感到高興」有時間差。

- What an intelligent man he is to find out such a thing.
  能夠發現那件事情，他是個多麼聰明的人啊。（表示理由）
  解說　他發現那件事件之後，才讓我感到欽佩，這兩者之間有時間差。

- He left her, never to return.
  他離開她後，從來沒有回來過。（表示結果）
  > 解說 「離開」和「沒有回來」的動作，兩者之間有時間差。

- To hear him speak French, you would take him for a French.
  聽到他講法文，你會誤認他是個法國人。
  > 解說 「聽到他講法文」和「認為」之間有時間差。

⊙ grammar tip

非限定動詞規則的例外

「go＋V-ing」（去做～）的形式在意義上，不宜看作是非限定動詞的用法。雖然 "go shopping / fishing / hunting" 的意思是「去購物（釣魚／打獵）」，但在「原形動詞＋ing」的句型中，去購物含有「未來目的」的意味，所以有時會像這樣依口語情況，使用「原形動詞＋ing」取代 to 不定詞的意義，此時就要以「慣用語」來看待，也可以說是非限定動詞規則的例外 。

透過發音，
深入理解英語！

搭起發音和語意的橋樑

UNIT 56

在學英文的過程中，我們總是不斷地重複進行著以下的動作：背單字、背片語、背句型、背文法；當我們在背一些簡短的單字時，例如「pop（砰砰地響）／pumpkin（南瓜）／plate（盤子）」等，在沒有找到能夠連接單字本身的意義和字母之間的橋樑前，多半都會以最單純的背誦方式，盡可能地記牢。

其實英語可說是把每個聲音記錄在各個字母中的「**拼音語言**」，由此可知，單靠對聲音的了解，就能輕鬆記熟每個不同的單字。因此，我們只要能**夠找到連接聲音和單字意義之間的媒介**，背單字就會變得越來越輕鬆。

1 以 pop / pumpkin / plate 發音上的意義區分

請試著把 pop / pumpkin / plate 等單字，以微弱但強力的的方式發音，（這是因為我們的大腦已形成了聲音的意識，以上動作純粹只為了感覺聲音的形象），你會發現當我們在發音時，會以舌頭和口腔的互動，加上空氣的流動，製造出 一個獨特的聲音。那麼，現在就來感受以下空氣的流動吧！

在發 pop 的音時，你就能感覺到一種突如其來的破裂空氣的流動，這種感覺也會參與在 pop 形成單字上的意義喔。

而在發 pumpkin 的音時，首先，pum 的音會使口腔裡面的空間先膨脹起來，再來，kin 的音，會產生微弱的低壓，並包圍住空氣的流動。此空氣的流動方式，就如同外皮包圍著空蕩的內部一樣，會使人聯想起南瓜的形象。而由 pumpkin 的發音形象看來，單字的起源，應該是由南瓜的長相產生的，因為南瓜的內部不就是空蕩蕩的嗎？

至於在發 plate 的音時，先由 p 發音，空氣在稍微膨脹之後又萎縮，淺薄又平穩地往前擴散出去，此種形象會使人聯想起扁扁的餐盤，或是平平的盤子造型。

● grammar tip

掌握發音＝體會字義

如同上頁所提到的，skin 這個單字也可看作有「表皮」的意義，在發 [s] 的音時，你就會發現，空氣由舌尖和牙齒間摩擦而形成聲音，因此 skin 的發音形象，就如同「摩擦的薄外皮」一樣，可視作「表皮」的意思。

像這樣，把單字的意義和聲音連貫起來後，就能輕鬆背單字。如此我們就能體會到，大部分的單字其實就是「表現事物特徵的聲音」，因此較難以意會的單字，也可隨著深入學習隱藏在背後的含義，因而更正確地使用。

2 promise 和 appointment

我們常把「我約了牙醫五點的診。」翻譯成 "I have a promise with my dentist at 5 o'clock." 這樣的句子。

其實這是錯誤的翻譯，正確的句子應該是 "I have an appointment with my dentist at 5 o'clock."（我跟牙醫約五點。）

我們常犯這種錯誤的原因是， 當記下了有「約會」含義的 promise / appointment 這兩個單字後，要實際運用時，卻無法把這兩個中文意義相同的單字放在正確的地方。不過，現在大家可以透過發音，便能清楚了解兩者在意義上的差別。

在做 promise 的發音時，會感覺到嘴巴在發 prom 的音時，強力地把空氣往前擴大出去又暫時閉嘴；接著由 ise 的發音，再次以微弱卻時間相當長的方式往前推出去，此時的空氣流動與「守護誓約」的承諾之意，有密切的關聯。

另一方面，在發 appointment 的音時，先由 appoint 的發音，空氣越來越狹窄又尖銳的流動，此種空氣流動會使人聯想起「指定時間或場所」的情況，藉以說明 appoint 的意義，因此在 appoint 動詞字尾加入 ment 使其名詞化後，就能了解各種 appointment 的運用情況。

3 pro and con

"pro and con" 表示「**贊成與反對**」之意，現在我們來透過 pro and con 的

發音特徵，來深入了解其蘊含的意義。在發 pro 的音時，強力地把空氣擴散出去；但在發 con 的音時，卻無法順暢地延伸，形成被擋住的發音形態。此時便可以聯想到「積極進行的行為（贊成）」和「妨礙阻擋的行為（反對）」這兩種情況。如上述例子的說明，像這樣了解單字的發音之後，更能輕鬆記熟單字，且不容易忘記。

4 com- 和 con-

在發 com 和 con 的音時，空氣不會流出去，而是形成在嘴裡結合後混在一起的形象，因此 com 或 con 使用於字首，當要表達「結合」、「一起」的意思時，與相關意義的單字連接起來使用就行了。

---

grammar tip

注意 com 的發音

▶▶ **combat**（戰鬥）
發 com 的音時，感覺到空氣在嘴裡混合後，再由 bat 發音，感覺就像在擊打某樣東西後，再將其拋出去的感覺。（描述為了打仗，結合在一起的情況。）

▶▶ **combine**（結合）
發 com 的音時，一樣感覺到空氣在嘴裡先混合後，再由 bine 發音，把擴散出去的空氣，由 bi 的發音做閉合收回，最後再以 n 的發音把空氣流洩出去。

請把上述發音狀態具體形象化後，再仔細看一次以下的圖像解說，就能牢牢記住 combine 的意義。

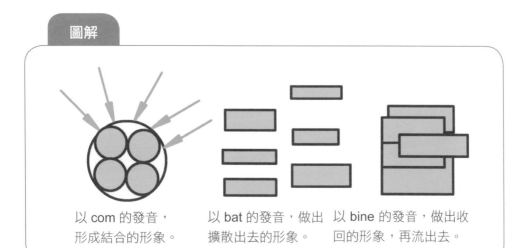

以 com 的發音，
形成結合的形象。

以 bat 的發音，做出
擴散出去的形象。

以 bine 的發音，做出收
回的形象，再流出去。

　　直到目前，大家也許還無法確實熟悉英文單字的發音和意義之間的連貫
性。但是至少試著了解，透過發音模擬，的確也能背單字的事實。

　　以下再舉幾個簡單的範例說明。

5 renounce：宣佈中止，退出

　　發音時，舌根往後退下再往上抬高，接著再往下放，最後拋出去的形象。

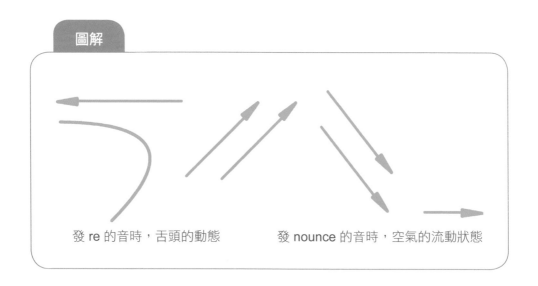

發 re 的音時，舌頭的動態　　　　發 nounce 的音時，空氣的流動狀態

在上述的發音狀態中的確會感覺到，如同國王要退位一樣，往後退下，把頭髮上的皇冠卸下來放著，再往前推出去的形象，知道了 renounce 的發音意義以後，相信大家絕不會輕易忘記這個單字了。

另外單字「announce（公布，發表）」也有相同的空氣流動，單字後半段與上述 nounce 的發音相同，往前推出去的形象則令人聯想到「把國王的指示事項，傳遞給低下階級的市民」，所以 announce 有「公布」的意思。

6 wile：詭計，花招

wile 在發音時，從廣大的空氣流動開始，再以緩慢並狹窄的方式流動出去的形象，此時會讓人聯想起「**從平原地區把敵人一直追趕到峽谷**」的情境，因此充分表達出有「詭計」的意義。

相同的，在發單字 wide（寬闊）的音時，會自然感覺到隨著寬廣的嘴形，伴隨著擴大出去的空氣流動，之後又固定住的形象。

另外，在發單字 wild（荒地）的音時，廣大的空氣流動出去的同時，又漸漸變狹窄一直到最後固定住的形象，此時可以聯想起「**一片廣大的土地，死寂荒涼**」的情境。

7 clone：無性繁殖，複製

感覺從喉嚨內像要爆裂開來似的形成 [k] 的發音，到了 "lone" 的發音時，微弱的氣流再往前推出去，嘴形再次閉合後收回的空氣流動。

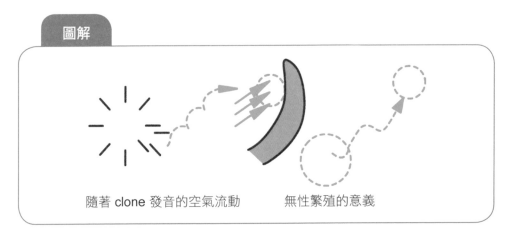

圖解

隨著 clone 發音的空氣流動　　　無性繁殖的意義

在發 [k] 的發音時，如果聲音沒有透過喉嚨，以像是要爆裂開來的音發出，那麼就必須要刻意以舌尖製造聲音，這樣會使 clone 的發音變成鼻音，因而很難辨識確實的發音。

為了透過發音模擬讓大家更了解單字的發音和字義之間的關係，這次利用 glide / slide 這兩個單字，來幫助我們理解在兩個單字中，若有一個字母不一樣時，意義上會有什麼樣的不同。

8 glide：滑行 / slide：滑動

glide 和 slide 這兩個外型很類似的單字，卻因一個字母的不同（"g" 和 "s"），造成意義上的差異。

在發 glide 的音時，先由 g 將舌尖拋空的發音狀態，再以 lide 的發音，表現出舌尖滑過上顎似的感覺，此時就會聯想起像「從空中滑下來」的情境。

而在發 slide 的音時，利用舌頭和牙齒摩擦後產生的 s 音，製造出「滑動時和表面接觸產生摩擦」的效果，再由 lide 的發音，表現出滑動的情境。

因此，只憑著兩者發音的差異點，就可以輕鬆辨識意義。雖然都是滑動，g 的發音是將舌尖置於中空，這會讓人聯想起「懸空」的情境，因此 glide 比較偏向於表達物體表面沒有接觸的滑行動作。而 s 的發音則營造出「物體接觸產生摩擦」的效果，所以 slide 比較傾向於表達物體沿著某個平滑表面移動。

由此原理，即可深入記憶以下的單字：

▶ **eagle 老鷹**

eagle 的發音像扇形似的開啟薄片（[i]），在空中（[g]）流出去（[l]）。令人聯想起「展開兩邊的翅膀，在空中飛翔的老鷹」的發音形象。

▶ **glitter 閃光**

在空中（g）由短暫發出的光芒（lit），又散佈開來（ter）。在發 glitter 的音時，注意舌頭和空氣的作用。

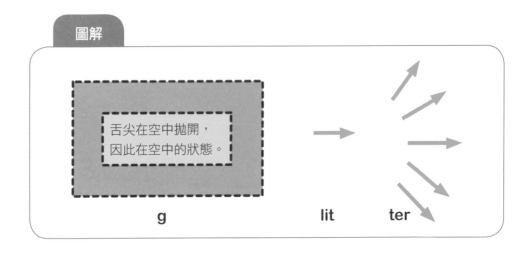

舌尖在空中拋開，
因此在空中的狀態。

g　　**lit**　**ter**

　　"lit" 發出短暫的音，因此描述短暫發出的光芒形象。在發 "ter" 的音時，再次散佈開來（"t" 的發音，如同將空氣往前丟出去的形象。另外在發 "r" 的音時，將舌頭捲上後把空氣拋開，此時又被阻擋，造成空氣散佈於各地的發音形象）。

▶ **glance** *匆匆一瞥*

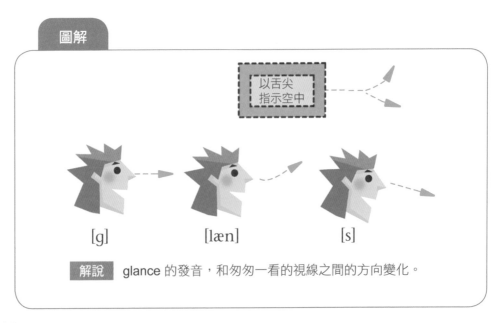

圖解

以舌尖
指示空中

[g]　　　　[læn]　　　　[s]

解說　glance 的發音，和匆匆一看的視線之間的方向變化。

往前注視的視線先是被抬高，之後再次被拉下來，令人聯想起「**匆匆看一眼**」的行為。（光芒、視線、說話聲、在空中滑下去的對象等，參考 [gl] 的發音就能輕鬆了解其中的意義。）

▶ **glare 眩目地照射；怒目注視**

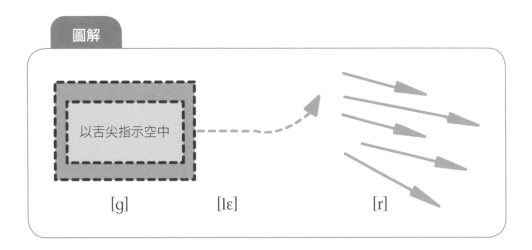

圖解

以舌尖指示空中

[g]　　　[lɛ]　　　[r]

發音時，緊接的空氣流動，被舌頭捲上去時，又衝破持續散佈的形象，使聯想起「**強力衝破阻礙的光芒或視線**」。

▶ **gleam 閃現，突然露出**

[gl] 的發音引起空氣的流動後，微弱地擴散開來，卻又突然消失了，使人聯想起「**一道微弱的光芒隱約地閃爍後，又突然消失**」的情境。

▶ **glib 能言善道的**

在發音時，突然又馬上閉上嘴，使人聯想起「**對方的口齒伶俐，乾脆把自己的嘴巴緊閉起來**」的情況。

▶ **glee** 歡欣 / **glad** 高興的

　　若對著鏡子仔細觀察這兩個字發音時的嘴形，你會發現自己會非常自然地就做出歡喜的表情。

　　由摩擦所發出來的 [s] 音，會讓人聯想起「摩擦」的情境，請仔細觀察以下介紹的單字。

▶ **scratch** [skrætʃ] 抓，刮

圖解

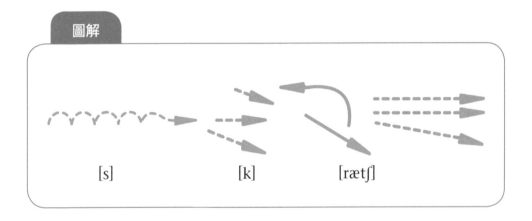

　　　　　[s]　　　　　　　　[k]　　　　　　[rætʃ]

　　現在請大家把手放在桌上，配合發音的空氣流動和舌頭的擺動，另外請讓手指也跟著做出相同模式的動作吧！

　　在發 [s] 的音時，用手指摩擦桌面；在發 c 的音時，阻擋空氣正常的路徑，卻從口腔內強力地往外不規則的推出去，此時手指釋壓並做出按壓的動作；發 rat 的音時，把舌頭快速地往嘴內捲入後，再拉一下，此時把手指快速彎曲並往身體的方向拉回。最後在發 ch 的音時，把嘴裡的空氣往外吐出來，此時手指不再做向內抓的施力動作，恢復自然舒適的形狀。剛才大家應該都有感覺到許多「刮」跟「抓」的動作了吧！因此，scratch 就是「刮」、「抓」的意思。

▶ **scrape** [skrep] 刮，擦

　　與 scratch 幾乎是同樣的原理，由 ape 的發音，形成寬廣地往下按壓的形象，此時就會令人聯想起「摩擦」的情境。（[r] 的發音，是最能讓舌頭大幅度擺動的狀態，因此顯示有「擺動」的意思。）

圖解

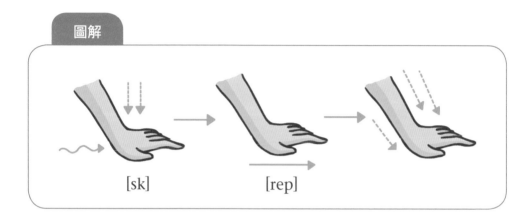

[sk]　　　　　[rep]

▶ **scrap** [skræp] 碎片，小塊

　　經由摩擦並按壓後再次抬起舌頭，接著快速脫離並強力按壓，此時聯想起「**按壓薄物後，再次往上抬，又開的行為**」。（[r] 是抬起舌頭的發音，表示「抬起來」或「往後退下來」的意思）。

圖解

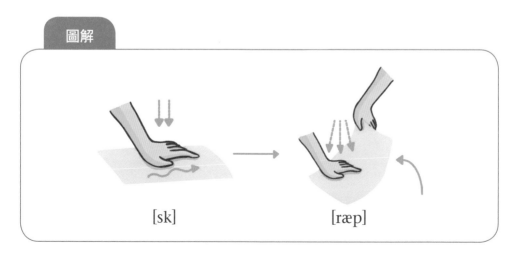

[sk]　　　　　[ræp]

▶ **scrawl** [skrɔl] 潦草書寫，塗鴉

由 sc 的發音，空氣先摩擦後再按壓的狀態下，接下來 rawl 的音流動出去的形象，此時聯想起「**潦草書寫**」、「**塗鴉**」的行為。

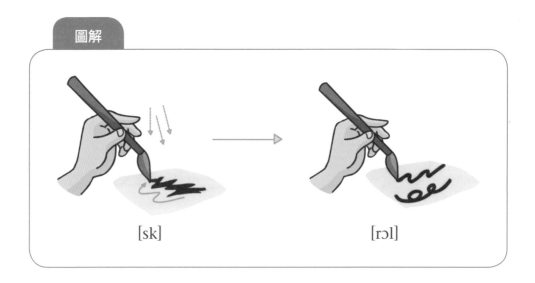

圖解

[sk]　　　　　　[rɔl]

9 意義上互相對比的單字

下列列出七組意思相反或相近的單字，請利用發音上的差異，幫助深入記憶字義：

▶ **black** 黑 / **white** 白

black 單字中有流音（往前流出去的音），在發音時，空氣持續往嘴裡最深入的地方流動（往嘴的內部刺激）。

相反的，white 的發音則是由嘴裡到嘴外，打開嘴巴後空氣由內往外流出去（往嘴的外部刺激）。

▶ dark 黑暗的 / bright 光亮的

在發 dark 的音時，由 da 的發音，將空氣往外推出去時，再次以 r 的發音，抬起舌頭推進嘴內深處，輪到往下壓的 k 音時，完全與有光亮的外面阻隔起來（往嘴內和往下刺激）。

相反的，在發 bright 的音時，讓嘴巴逐漸打開變大使嘴裡有光線進來，並讓空氣往外流動出去（往嘴上和嘴外刺激）。

▶ pull 拉 / push 推

在發 pull 的音時，空氣由 pu 的發音被推到前面，再由 ll 的發音，經由舌頭的拉力重新**拉回**。在發 push 的音時，務必使空氣強力地往外推出去。

▶ down 向下的 / up 向上的

在發 down 的音時，如空氣在按壓舌頭般往下刺激；相反的，在發 up 的音時，使空氣用力膨脹，刺激上顎部位。

▶ bottom 底部 / top 頂部

在發 bottom 的音時，使空氣膨脹後形成某種程度的空間，再由用力拋出去的空氣力量擴大按壓底部，會令人聯想到「**底部**」的發音形象。

在發 top 的音時，使空氣拍打上顎部分後，像壓縮空氣般往上推，這時會有一種「**往頂端擠出去**」的感覺。

▶ live 生活 / exist 生存

在發 live 的音時，空氣自然地流出去，此時會聯想到「**平凡的生活情境**」；相對的，在發 exist 的音時，被牙齒夾住的空氣勉強脫離出去，此時由從齒縫逃離出去的空氣形象，聯想起為了存活而「**艱苦維生**」的情境。

▶ house 房子 / home 家

　　在發 house 的音時，刺激上顎形成遮蓋住的空氣流動，此時會令人聯想到「**像圓形般蓋住屋頂**」的情境。

　　相較於 house 的發音，home 的發音彷彿在嘴的底部形成溫暖的家似的，溫柔地吹出空氣，此時會令人聯想到「**既溫馨又舒適的情境**」。

UNIT 57 透過發音，學習比較級和最高級！

1 比較級：比～更～

比較級是用來表示「比～更～」的句型，有 "-er than" 和 "more...than" 兩種形式，是將兩個對象拿來做比較的時候所使用的句型。例如：higher than（比～更高的）、stronger than（比～更強壯的）、thinner than（比～更瘦弱的）、more beautiful than（比～更漂亮的）、braver than（比～更勇敢的）、more diligent than（比～更勤勞的）。

現在，我們要從比較級的句型中，找出發音和語意的關連。

在發 more 的音時，先由 [mo] 的發音製造整團空氣，再以 [r] 的發音，往上提昇，表示「程度的提高」（另一種形式的比較級 "-er"，也使用 [r] 的發音形象。）另外，在發 than 的音時，舌頭夾在齒間後，又拉回使舌尖往下壓，主要是描述「把對方壓倒」、「勝過對方」的形象，可由此發音聯想到 more than「比～更～」的比較意義。請見以下的例句：

- She is taller than I.
  她比我更高。

- I can run faster than you.
  我可以跑得比你還要快。

- She is more beautiful than you.
  她比你漂亮。

2 最高級：最～

最高級的表現方式有 the highest（最高的）、the strongest（最強壯的）、the thinnest（最瘦弱的）、the most beautiful（最漂亮的）、the bravest（最勇敢的）、the most diligent（最勤勞的）等，最高級是表示「最～」的

句型，有 "the -est" 和 "the most" 兩種形式，表示某個對象是「最～的」。

現在請注意觀察最高級的表現中，與其發音有關聯的部分。

以最高級 the most 為例，"most" 的發音瞬間往上揚，在 "-st" 的發音時，製造出尖銳的形狀後，排出空氣（另一種形式的最高級 "-est" 中，也同樣使用 "-st" 的發音形象。）most 的發音就如同「在大多數對象的上方支配，表現出金字塔頂端形狀」的發音模式，此時 the most 裡加入 the，表示「最好的只有唯一」。請見以下的例句：

- She is the most beautiful girl in the world.
  她是這個世界上最漂亮的女孩。

- This lake is the largest in Europe.
  這是歐洲最大的一個湖。

- He is the last man to tell a lie.
  他是最不可能說謊的人。
  解說 如果世界上所有人都在說謊，那他一定是直到最後才不得已說謊的人。

用發音區別連接詞：and, or, but

and, or, but 都是連接詞，用來互相連接前後句型。and 代表「和」、「那麼」，or 是「或者」、「否則」之意，而 but 則是「但是」、「可是」的意思，皆用來連接前後句型。

1 用發音來學習連接詞 and

在發 and 的音時，會形成如同與下列圖像中類似的空氣形象。

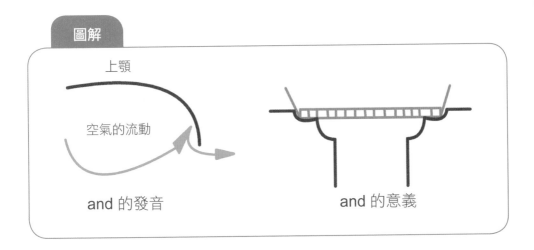

此時發音就像「連接兩邊欄杆的橋樑」似的，表示「和」、「那麼」之意，使用於連接前後單字或句型的角色。

- Seek, and you shall find.
  只要努力尋求，就一定會找到。

- Hurry up, and you will be in time.
  快一點，你就會來得及了。

- bread and butter
  塗抹奶油的麵包

- a watch and chain
  有鍊條的懷錶

2 用發音來學習連接詞 or

在發 or 的音時，會有模糊的感覺。舌根經過口腔內的任何角落，但就是沒有一刻停留在一個固定的地方；所以在沒有固定接觸任何一處的狀態之下，直接結束發音。此時發音沒有選擇上下左右或任何一邊，會聯想起「**有多種選擇的分叉路上**」的情況。

圖解

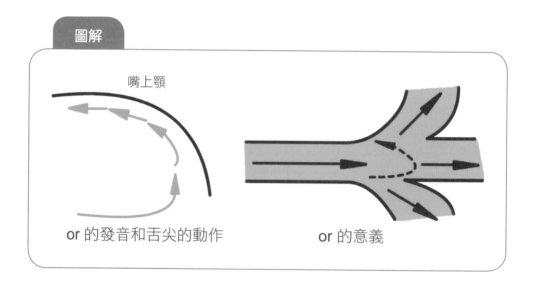

嘴上顎

or 的發音和舌尖的動作   or 的意義

or 表示「**或者**」、「**否則**」之意，連接多種選擇對象。

- I am thinking over to go on, or to go back.
  我在考慮該繼續走下去，還是要往回走。

- Who do you really love, Winnie or me?
  你到底愛誰，是溫妮還是我？

- Hurry up, or you will be late.
  快一點，否則你就要遲到了。

- You can come on or go out.
  你可以選擇進來或出去。

3 用發音來學習連接詞 but

but 表示「**但是**」之意，在發音時，先張開嘴巴使空氣膨脹後又急速地閉嘴，此時正膨脹中的空氣，就像被埋入底面似的突然斷裂，發音的空氣流動就如同下列圖畫中顯示，此時的發音形象彷彿是走在平坦的路上，遇到突如其來的障礙物，使其不得不改變路線，因此聯想起「**不得不轉換現有局面**」的情境。

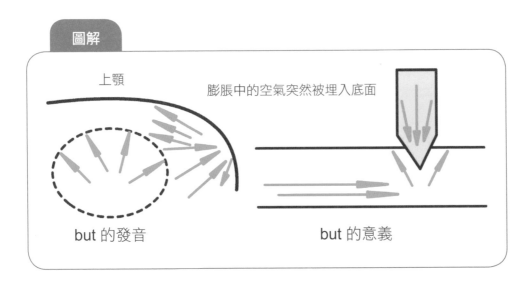

圖解

上顎　　　　　　膨脹中的空氣突然被埋入底面

but 的發音　　　　　　but 的意義

- A whale is not a fish, but a mammal.
  鯨魚不是魚類，而是哺乳動物。

- She gave the beggar not only money but (also) kindness.
  她給予乞丐的不只是錢，還有仁慈。

- It is true that he is cute, but he can harm you.
  他的確很可愛，但是他會傷害你。

利用發音，學習助動詞

1 未來式助動詞：will / shall

will 和 shall 都是用來表示「未來」的助動詞，助動詞放在動詞之前，作用是要補充動詞的意義。現在，先讓我們來練習 will 和 shall 的發音吧！

試著大聲、清楚、正確，緩慢又自然地練習發音：「will...shall...will...shall...will...shall...will...shall...」

在發 will 的音時，空氣由底下往上抬起來流動的同時，又快速、直直往前衝；而在發 shall 的音時，空氣則是往前擴散流動。因此在表達主詞意志的「**意志未來**」時，多半會使用**助動詞 will**；此時有往上抬起後又快速吐氣的發音形象；但如果是用在「**未來的行動，需要觀察他人的意志**」時，則使用**助動詞 shall**。

[sh] 的發音為「小心排出空氣」的聲音，因此在中文裡，媽媽需要誘導小朋友上廁所，或者勸導他人降低音量的情況時，也會使用到 [sh]（「噓」）的發音。

在現代英語的使用中，shall 用來表達要求或建議；但在大部分的未來式句型裡，為了使用上的方便，普遍使用 will 來代替 shall。

▶▶ will：「主詞意志」的未來表現

- I will go home.
  我要回家了。

- Will you go to the park?
  你要去公園嗎？

- The ring will not fit her finger.
  這戒指不合她的手指。
  解說 彷彿 ring 有固執和拒絕的意志。

- The engine will not run.
  引擎無法起動了。
  解說 彷彿 engine 有固執和拒絕的意志。

▶▶ shall：「他人意志」的未來表現

- Shall I go home now?
  現在可以回家嗎？
  解說 詢問「接受疑問者（you）」的意志。

- Shall we dance?
  要不要跳一支舞？
  解說 詢問「接受疑問者（you）」的意志。

- You shall die!
  要你死！／我要殺死你！
  解說 依「說話者（I）」的意志。

- You shall have this book.
  你將會擁有這本書。
  解說 依「說話者（I）」的意志。

- Seek, and you shall find.
  去找找看！一定會找得到的。
  解說 「絕對者（神）」的意志表現。

　　要表達不是句中主詞，而是其他對象的意志趨向時，會使用助動詞
shall。

2 表示希望和義務的助動詞：would / should

表示未來的助動詞 will，其過去式為 would，shall 的過去式則是 should。但是這幾個助動詞除了使用於「以過去為目的」的意義外，還有其他用途，此時與其發音的差別有關連性。

will 表主詞強烈的意志，與既輕又強烈的發音比較；而在發 would 的音時，有著重量以及溫柔的特徵，使用於較鄭重的表現。另外除了主詞以外，包括他人意志的 shall，有溫柔的發音特色；相較之下，should 的強烈發音，表達較強烈的旨意，除了順應他人的意志，也可表現在強調意味的「義務」上。

▶▶ would：表示希望、心願

- If you would (= wish to) win the prize, work harder.
  如果你想要贏得獎品，就努力點吧。
  解說 would 除了表示「希望」之意外，大多用在 will 的過去式用法上。

- He would sometimes watch TV all night.
  他偶爾會看一整晚的電視。
  解說 過去的習慣。（使用於 will 的過去式）

- The engine would not run.
  不管怎麼發動引擎也沒有用。
  解說 過去的固執。（使用於 will 的過去式）

▶▶ should：表示義務

should 看似有多種不同用途的意義，不過終究還是歸屬於「義務」的表現，換言之，should 分類為「判斷」、「命令」、「期待」、「主張」等表達方式，總歸於有「做～是當然的」的意旨，出自「義務」之表現。

此外，should 還可使用於表達「驚嚇的感情」，若行為者依情況做出妥當的行為，就會看到預期的結果；但是若做出脫軌行為時，就會面臨受驚嚇

而產生不預期的結果的情形。

- A man should do what a man should do.
  人必須做該做的事情。

- It is natural that one should love one's family.
  愛護家庭是很自然的事。
  解說 被判定為當然之事，表示義務。

- He ordered that the soldier should come to his office.
  他命令士兵到他的辦公室去。
  解說 被認為是應該做的事，表示義務。

- I insist that you should go at once.
  我堅持你現在就得立刻離開。
  解說 認為做某事是必要的情況，表示義務。

- I am surprised that he should do that.
  我很驚訝他竟然這麼做。
  解說 深信不可能發生的事，竟然被當作（義務）而執行了。

到現在為止，一般認為較複雜的 should 用法，其實僅只是表面上的多元表達方式而已，總之，還是脫離不了「義務」的意思。

3 表示可能性的助動詞：can / could

can 有「可以」的意思，為表示「可能性」的助動詞。作為助動詞置於一般動詞前，此時會預先告知，後面的動詞是否會有實現的可能性。

can 的發音和其意義也有密切的關連性，在發音時，[k] 的音由聲帶內部發出相當不自然又粗重的聲音（**類似卡住喉嚨時強迫吐出的聲音**），這麼不自然又粗重的聲音遇到 [n] 的發音時，空氣由鼻子出來，最後反而結合成為既自然又柔和的聲音，此時聯想起「**從內部吐出來的粗重音，變為柔合的聲音後，往前滑出去**」的形象，暗示有「可能性」的意味。

▶▶ can：表示可能性

- Can I go now?
  我現在可以走了嗎？

- I can take care of this patient.
  我可以照顧這個病人。

- Can it be true?
  那會是真的嗎？

- You can deliver my message to your teacher.
  請你把我的訊息傳達給你的老師。
  解說 「傳達我的訊息」（表命令式）的間接表達。

- He cannot be the hero.
  他不可能是英雄。

▶▶ could：更為穩重地表現出可能性

could 為 can 的過去式，事實上 could 不只能當作 can 的過去式使用，也是用來表達「**比 can 更為穩重的表現**」。此時也可藉由發音深入了解其意義，在發 can 的音時，空氣往上流去，最後從鼻子流出輕音；相反的，在發 could 的音時，空氣被壓迫導致無法順暢地流動。換言之，比起 can，could 的發音是往下壓制的，因此，比起 can 的表現，could 更為穩重以及圓融。

- Could I borrow your book?
  我可以借你的書嗎？

- Could you tell me the way to the baseball park?
  可以告訴我要怎麼去棒球場嗎？

grammar tip

體會助動詞在英文句子裡的語感

在使用助動詞時，不需要考慮太多不同的表達，雖然該選用哪一個助動詞，在文法上的確細分成多種不同的用法，但其實只要遵照幾個簡單的原則即可，不需要想得太複雜。

例如，當 can 和 could 出現在句子中時，台灣學生一定會照實翻譯出「可能」和「可以」的意義，其實，重要的不是助動詞翻出來的字面意義，而是如何直接體會助動詞在整體英文句子裡的作用。

因此，我們不應該習慣用「中翻英」的方式來選擇要使用哪一個助動詞，而是要多角化思考它的基本含義及廣泛用途。若仍只是單一的思考模式，只會分析每一個單字的表面用法，便無法真正自由應用每個含有獨特意義的助動詞。

4 must：表示義務與強迫的助動詞

　　must 這個助動詞帶有「**強迫性**」的意義，其後接的動詞都會成為「必須」要做的事。在發 must 的音時，由 "mu-" 的音，先讓兩邊的嘴唇往前推，使空氣順利擴散；再由 "-st" 的發音，一股想要阻擋流動的空氣，使得整體單字變成「**較有難度的發音構造**」。

　　若要使用這種有難度的發音構造時，一定要帶有強迫性的特質，因此才會使用 must 來突顯意義。含有強迫性意義的 must，主要使用於強迫性的表達（在發音上較 should 更為強硬，因此內含比 should 更強烈的義務性質）。

- Must I go now?
  我現在一定得走嗎？

- The news must be true.
  這消息一定是真的。
  解說 強調這個事實必須是真的。

▶▶ must not / need not

must（必須～）的反義詞為 need not 或 don't have to（不必要～），must not 則是「不能～」之意，用 not 來強調否定的行為。

- You must go.
你一定要走。

- You don't have to go.
你不必走。

- You must not go.
你不能走。
  解說 強調不能執行「走」這個行為。

像上述例句中的 must 否定句，會被認為不像一般否定句那麼單純，因為在表達「你一定要走」的否定句型時，會出現如以下截然不同的兩種角度。

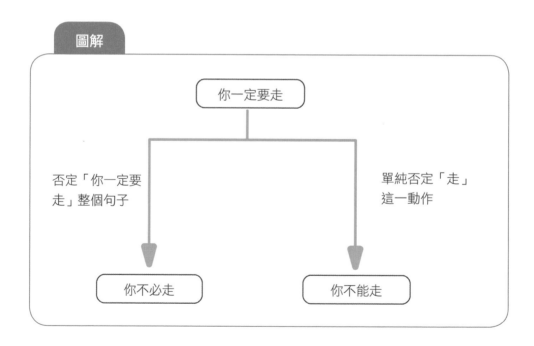

圖解

你一定要走

否定「你一定要走」整個句子

單純否定「走」這一動作

你不必走

你不能走

上述兩種句型的表達方式都沒有錯，只不過是將「一定要做～」的肯定語氣，變成「不必做～」的否定形式。換言之，must 的否定，並不只有 must not 此一用法，也有可能使用 need not 或 don't have to。

5 may：表示懇請與祈求的助動詞

may 也可以翻譯成「**可以**」、「**可能**」，表示「**允許**」、「**推測**」、「**（微弱）的命令**」的助動詞用法。

在發 "may" 的音時，使嘴巴膨脹後，原本是要強勢的吐氣，但空氣反而逐漸往下降，變成無力的擴散並直接消失。此時聯想起含糊拖拉詞尾，且對自己的發表言詞無法確定，感到沒有信心，因此 may 一般使用於「**不確定性的推測**」的表現。

may 多半使用於與「推測」有關的表達，其中「也許是～」是最基本的含意，從此延伸出多重相關的用法。表示「**推測被允許**」時，譯成「應該可以～」；表示「**有推測意味的微弱式命令**」時，則譯成「也許可以～」。

- May I have this pencil?
  我可以拿這枝鉛筆嗎？

- May I ask you a question now?
  我現在可以問你一個問題嗎？

- You may not sleep here.
  你不能在這裡睡覺。
  解說 表示「推測」的「微弱命令」，隱含有「不能睡在這裡」的意思。

- It may be wrong.
  那有可能是錯的。
  解說 表示「推測」的句子。

- You may give him some money.
  你或許可以給他一些錢用。
  解說 表「推測」的「微弱命令」，意思是「給他一些錢吧」。

容易混淆的常用動詞

◼ see / look / watch：看

這幾個單字都有「看」的意思；正因為中文都翻譯為「看」，所以我們在使用時常搞不清楚三個動詞的用法究竟有何不同？此時我們可以透過發音，分辨出不同的意思及其用法上的差異。另外，由於「看」的行為不單只有一個單純動機，因此又可分成下列三種不同情況。

❶ see：在視線範圍內注視的動作。

- I saw you at the party last night.
  昨晚我在派對上有看到你。
  解說 偶然之下被看到的情況。

❷ look：集中注視某對象的行為。

- I was looking at you at the party last night.
  昨晚在派對上，我一直注視著你。
  解說 集中注意力地看著。

❸ watch：特別注意某對象的行為。

- I will watch him at the party tonight.
  今晚我會在派對中特別注意他。
  解說 有動機地注視著。

▶▶ 在 see / look / watch 的發音中，顯示出空氣流動和其意義。

圖解

解說	解說	解說
在發 "see" 的音時，有如扇形一樣，既淺薄又寬廣地擴散出去。	在發 "look" 的音時，直線地伸長出去後，會有按壓的感覺。	"watch" 的發音就好像驚醒注意力似的，強力敲打上顎的感覺。

 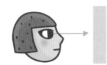 

- a sight-seeing tour 觀光旅遊團

- I saw you dancing. 我看到你在跳舞。

- Look at my face. 仔細看著我的臉。

- The doctor looked into her eyes. 醫生仔細察看她的眼睛。

- Look out! 小心！
  解說 往外集中視線，引申為「小心！」

- Watch this baby while I am out.
  在我外出期間，要照顧好小孩。
  解說 要全心照料，也就是「好好照顧」。

- He watches television every evening.
  他每個晚上都會看電視。

  解說 不是把電視當做一個普通的物品在看，而是「專注地收看電視上播放的節目」，若以 look at 來替代 watch 動詞時，則表示「注視著一台電視機」之意。

- Watch your step!
  小心走路！

  解說 仔細注意腳步之意。

- Watch out!
  小心！

  解說 注意看外面之意。

❷ say / speak：說，口述

在英語中，為什麼不使用 "He can say Mandarin."，而是以 "He can speak Mandarin." 來表示「他會說國語。」呢？事實上，以 say 造句的 "He can say Mandarin." 或是 "He can say 'Mandarin'."，這些都是正確的句子，但是這三種句型的意義，的確是有些差別。請見以下的分析：

- He can speak Mandarin. 他會說國語。

  解說 他可以用國語表達出自己的想法。

- He can say Mandarin. 他會用國語發音。

  解說 他會用國語發出聲音。

- He can say 'Mandarin'. 他會唸 "Mandarin" 這個字。

  解說 他會說 Mandarin 這個字彙。

其實 say 和 speak 都是指「說話的行為」，只不過 say 較傾向於「單純的發出聲音」，speak 則表示「表達（思想、意見或感情）」的意思。現在就讓我們藉由發音，更深入了解這兩個單字在意義上的差別吧！

圖解

「初次見面，我叫 OOO。」

speak Mandarin 的意義

「你，我，他」
（發出國語字彙的
聲音）

say Mandarin 的意義

「"Mandarin"」

say "Mandarin" 的意義

▶▶ say 和 speak，發音的空氣流動和其意義。

圖解

speak 的空氣流動

say 的空氣流動

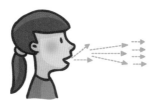

解說

表示「聲音在擴散時，強力的往前延長出去」的形象，此時聯想起把思想、意見或感覺用說的方式表現出來，讓聲音往前延伸出去，明確的傳遞給前方的對象。

解說

表示往口腔外說出去時，立刻又往下降的形象，只是單純的往嘴外發出較平音的語調時，通常無法持續用力延長出去，反而直接往下沉澱的發音狀態。

▶▶ speak：透過說話方式呈現出思想、感覺或意見

- This baby cannot speak yet.
  這個小嬰兒還不會說話。
  解說 這並不是表示到現在為止，都沒有透過嘴巴發出任何聲音，而是還沒有辦法「用說的表達出意見」之意。

- Mr. Smith is to speak on temperance this afternoon.
  今天中午，史密斯先生將發表有關禁酒的演說。

- Charlie said nothing, but his eyes spoke.
  查理什麼都沒有說，但是眼睛似乎透露些什麼。
  解說 就好像他的眼睛在說話似的，透露出意見、思想等。此時 say 使用於「從嘴巴發出聲音」時，表示「說出」之意。said nothing 則是「沒有說出任何話。」如果是 said "nothing"，則表示「說出 "nothing" 這個字。」的不同意義。

- You should know how he speaks in general.
  你必須知道他一般的說話方式。

- Speak of the devil, and he is sure to appear.
  說到惡魔，惡魔就會到。
  解說 意思等同於中文裡「說到曹操，曹操就到了！」的俗語。

▶▶ say：注重說話本身的內容

- He said yes / no.
  他說是 / 不是。

- He said a few words.
  他說了幾句話。
  解說 表示「只是發出聲音，說了幾句」的意思。

- He said "a few words."
  他說：「a few words」。

- Say no more.
  不用再多說了。
  解說 表示不必再說話或發表任何意見。

- Say "no more."
  說 "no more"。

- Say when you want me to stop.
  要我停止時說一聲就可以了。

- The weatherman says that we'll have a shower tonight.
  = The weatherman says, "we'll have a shower tonight."
  氣象預報員說，今天晚上將會下陣雨。

- She said to start at once.
  = She said, "Start at once."
  她說，馬上出發。

    say 表示「**單純發聲說話**」，以主要內容作為直接受詞，通常使用於「～這樣說了」、「述說～」的表達；speak 則是「用說話來表達思想、意見和感覺」，使用於「演講」、「以～角度說話」的表達內容，不能以直接述說的內容作為其受詞。

    如果 speak 後面以直接述說內容當作受詞，會出現以下的情況：

- Charlie speaks English.
  查理會說英文。
  解說 在上述句型中的 English，看似是被說出來的主要內容，不過那只是查理「自己表達想法的方式」，絕不是 speak 要表達的主要對象，主要的意思應該是「查理能以英語表達」。

3 tell / talk：告訴，講

    如果單純以中文字義來看，絕對會無法分辨 say、speak、tell 和 talk 這幾個單字的用法，因為 say 和 speak 通常翻譯成「說」，tell 和 talk 通常翻譯成「告訴」，但其實仔細觀察這四個單字的用法，就會發現使用上的不同之

處，我們已在上述討論過 say 和 speak，現在讓我們了解一下 tell 和 talk 的用法吧！

tell 會用在「要不要『講』睡美人的故事呢？」這種句子裡，解釋為「講」、「告訴」，較著重於講述的內容，如童話、故事、經驗、預定、命運的 "story telling"。

而 talk 則是用在「要不要邊喝茶邊『聊天』呢？」時，表「聊天」、「談話」的意思，是透過聊天傳達，如意見、感覺的 "talk show"。

 ## say 與 speak 的用法差異

說，口述	say ⇨	表示「口述〜」，注重說話本身，指講述內容。
	speak ⇨	表示「說出意見」，注重思想和感覺上的傳達。

 ## tell 與 talk 的用法差異

告訴，講	tell ⇨	表示「告訴〜（某人什麼事）」，注重於故事內容的傳遞。
	talk ⇨	表示「談論想法」，注重較直接的傳遞想法和感覺。

其實上述皆是「說話」的意思，但以 tell 為例，講述已存在的事實，常使用於 "story telling"。相較之下，talk 較注重在會話上互相傳遞想法、意見或感覺，常用於 "talk show" 來表示。

在實際應用上，tell 和 say 的用法的確有相似之處，talk 和 speak 也常使用於類似用法上，有時 tell 甚至使用於 say 的意義，talk 則用於 speak 的用法。因此我們也可以透過 tell 和 talk 的發音，深入了解其意義。

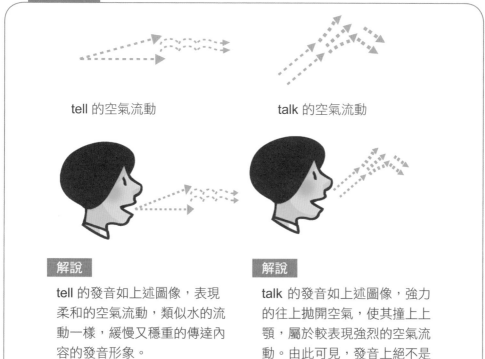

圖解

tell 的空氣流動

talk 的空氣流動

解說

tell 的發音如上述圖像，表現柔和的空氣流動，類似水的流動一樣，緩慢又穩重的傳達內容的發音形象。

解說

talk 的發音如上述圖像，強力的往上拋開空氣，使其撞上上顎，屬於較表現強烈的空氣流動。由此可見，發音上絕不是穩健的傳達內容的表現。

▶▶ **tell：注重傳達故事（story）的內容**

- Sindbad the Sailor told us about his wonderful experiences on the voyage.
  水手辛巴告訴我們他旅程中的精彩故事。

- The story teller told us a beautiful fairy tale.
  說故事者告訴我們一則美麗的童話故事。

- Tell me the truth.
  告訴我真相。

- No one can tell about his destiny.
  沒有人能訴說他將來的命運。

- The witch told the king's fortune.
  女巫指點過國王的命運。

- Who can tell the difference between them?
  誰能講出他們之間的差異？

- The strain is beginning to tell on him.
  壓力正開始在他的身上展現出來。

▶▶ talk：發表自己的意見

- Let's talk over a cup of coffee.
  我們邊喝咖啡邊聊吧！

- He talks like a child.
  他講話很像小孩。

- She talks behind one's back.
  她在背後說人壞話。

- They were talking by signs.
  他們透過手勢傳達話語。

- What are you talking about?
  你到底在說些什麼？
  解說 對對方的意見感到反感時，可以使用這句話。

　　現在讓我們比較下列 hear 和 listen 的用法，兩個單字皆都是「聽」的意思，但是在使用上有差異。hear 表示「聽見一些聲音」，沒有刻意去注意或關心，指的是不經意聽到的內容；listen 則表示「傾聽」，是注意聽並且理解聽到的內容。

　　hear 通常不會使用進行式，多半與 can / could 一起使用；listen 與介系詞 to 一起使用，成為 "listen to" 的形式。

- listening test
  聽力測驗
  解說 這是指「英語能力」的聽力測驗。

- hearing test
  聽力測驗
  解說 此為測試耳朵敏銳度的測驗。

- I heard a strange noise.
  我聽到一些奇怪的聲音。

- You never listen to me.
  你從來都不注意聽我說話。
  解說 沒有注意聽說話的內容。

4 類義字 get, take, pick, seize, grab, catch, snatch, put

　　get（得到，取得）、take（拿到）、pick（拿起，挑選）、seize（握住）、grab（突然抓住）、catch（抓住）、snatch（奪走）、put（放置）這幾個意義相近的單字，在使用時常讓人感到很混淆。例如，get 和 take 在字典上的意思，分別是「得到」和「拿到」的意思，看起來很類似，但實際上用法卻不太相同。

　　如果把 get 最基本的意思「得到」，與其他片語連接起來時，你就會發現與「得到」的意思，完全無關。請見以下的範例：

- get around
  到處走；散佈（謠言）

- get at
  抵達～；達到

- get away
  離開；逃跑

- get by
  經過

- get down
  吞下；記錄下來

- get over
  通過；克服

- get used to
  習慣於～

現在，讓我們針對這些常常使用，但用法上卻容易混淆的單字，透過發音時舌頭的運動和空氣的流動等特徵，來做進一步的深入分析吧。

get 和 take 在意義上的同義語

▶ get 的類似動詞：obtain, acquire, gain, earn, win 等。
▶ take 的類似動詞：seize, snatch, grab 等。

▶▶ 從發音形象，深入理解 get 的意義。

圖解

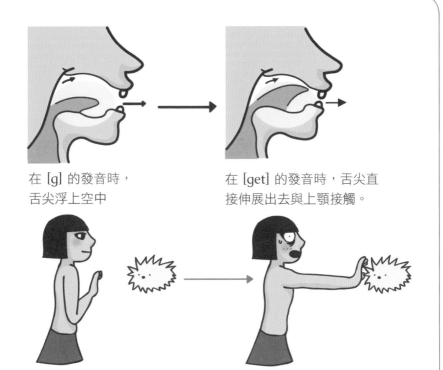

在 [g] 的發音時，
舌尖浮上空中

在 [get] 的發音時，舌尖直
接伸展出去與上顎接觸。

從 "get" 的發音聯想起，把手臂伸展到某對象的行為，故有「達到；
到達；抓到；得到；變成～」等意思。

get 使用於「到達」
的意思。

get 使用於「得到」
的意思。

get 使用於「變成～」
的意思。

get 的基本意義是從 "get" 的發音聯想起，把手臂伸展到某對象的行為，故有「抵達」、「到達」之意，也時常使用於「得到」、「變成」的意思。

也就是說，get 在「抵達（目的地）」的意義中，延伸有「拿到」、「取得」之意；而在表達「到達（某對象）」的意義時，則有「變成～」之意。

- We finally got the shore.
  我們終於抵達海岸。

- Get her before she escapes.
  在她逃跑之前，趕緊把她抓起來。

- We will get our liberty at any cost.
  我們將會不惜任何代價以獲得自由。

- Where did you get it?
  你從哪兒弄來的？

- He is getting better.
  他的病越來越有起色。
  解說 指到達「更好的狀態」。

- She got tired of studying.
  她對於讀書感到厭煩。
  解說 指到達「厭煩的狀態」。

- How are you getting along these days?
  最近生活過得好嗎？
  解說 get along 是指「過日子」、「過活」（「隨時間的流逝」而到達。）

▶▶ 從發音形象，深入了解 take 的意義。

圖解

在發 "take" 的音時，強力的拋出去時，又往下壓住的空氣流動。

解說 聯想起把手臂伸出去，並得到對象的行為，因此常使用於「用手取得或拿到」的意思。

　　take 的基本意思是「快速把手伸出去」，另外還有「拿到；抓住；奪取；帶回去（邊抓著人）；吸取」等多種意義。

- The scoundrel took him by the collar.
  那流氓抓住他的衣領。

- A robber took a purse from her hand.
  強盜從她手中奪走了錢包。

- She took the child to her breast.
  她把小孩緊抱在懷裡。

- Which way shall we take?
  我們要選擇哪個方向？

- Take a deep breath.
  深呼吸。

- My mother told me to take my little brother to an amusement park.
  我媽媽告訴我要帶弟弟去遊樂場。

- Take an umbrella with you.
  你要帶把傘。

▶▶ 從發音形象，深入了解 pick 的意義。

 在發 "pick" 的音時，類似鳥嘴忽然張大又合起來的形象。

解說　pick 的發音主要是描述張大鳥嘴後啄東西的情境，此時聯想起「用手指把東西抓住後，像鳥嘴一樣刺穿、奪取、拔出（類似啄東西的行為）」等一連串的行為。

- A farmer was picking the ground with a pickax.
  農夫用十字鎬挖土。

- A vulture picked the meat off the bone.
  禿鷹吃掉了骨頭上的肉。

- She picked a thorn out of my finger.
  她從我的手裡拔掉了尖刺。

- I'll pick you up at the airport.
  我會（開車）到機場接你。
  解說 pick up 為動詞片語，指「用汽車搭載人」之意。

▶▶ 從發音形象，深入了解 seize 的意義。

圖解

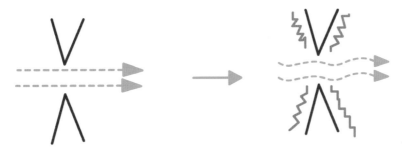

在 "seize" 發音時，空氣的流動經由上下牙齒柔和的壓迫，使牙齒產生震盪的感覺。

 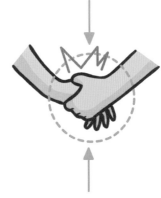

解說 seize 的發音聯想起「緊握在手裡的行為」，因此使用於「用手緊握；抓住」的時候。

· She seized him by the hand.
　她緊握住他的手。

· She seized the rail to keep herself from falling down the steps.
　她抓緊欄杆,以避免從樓梯摔下來。

· The child was seized with terror.
　這小孩驚慌失措。

▶▶ 從發音形象,深入了解 grab 的意義。

圖解

在發 "grab" 的音時,舌頭往上顎捲上去又被壓迫,猶如「緊握著手一樣」的舌頭動態。

解說　grab 經由發音,能深入了解突然用手緊握住的行為,因此使用於抓緊某對象的表達。

- He grabbed her by the arm.
  他緊抓她的手臂。

- She grabbed the handrail as she tripped on the stair.
  當她快要摔下樓梯時，她趕緊抓住欄杆。

- The story does not grab me at all.
  這則故事一點都不動聽。

▶▶ 從發音形象，深入了解 catch 的意義。

catch 當作動詞時，主要是描述「貓（cat）奪取東西的行為」，也就是「抓住的行為」，因此 catch 常使用在「抓住動態物體」時的表達，就像貓用銳利的爪子奪取物品的情況。

- The cat jumped into the air to catch a bird.
  貓跳到空中抓住小鳥。

- Catch this ball.
  接住球。

- The police caught the pickpocket.
  警察抓到了扒手。

- She was caught in the act of stealing.
  她在偷竊時剛好被逮到。

▶▶ 從發音形象，深入了解 snatch 的意義。

snatch 當作動詞時，主要是描述「蛇（snake）在奪取食物或攻擊敵人的行為」，也就是「抓住的行為」，因此 snatch 常使用在「抓取獵物」的表達，就像蛇快速攻擊敵人的情況。

由以下 snake 的發音圖像來深入理解：

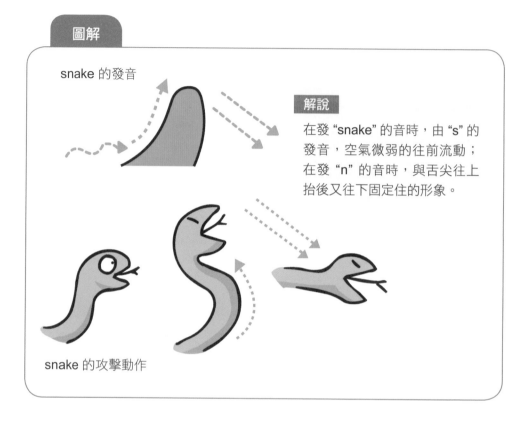

圖解

snake 的發音

解說

在發 "snake" 的音時，由 "s" 的發音，空氣微弱的往前流動；在發 "n" 的音時，與舌尖往上抬後又往下固定住的形象。

snake 的攻擊動作

- A man in black snatched at a handbag from her hand.
  一個穿著黑衣的男人，試圖要從她手中搶奪她的手提包。
  解說 snatch 表示「搶奪」，加入 at 介系詞後，就可譯成「試圖搶走」之意。

- I snatched his pistol up.
  我搶走了他的手搶。

▶▶ 從發音形象，深入了解 put 的意義。

圖解

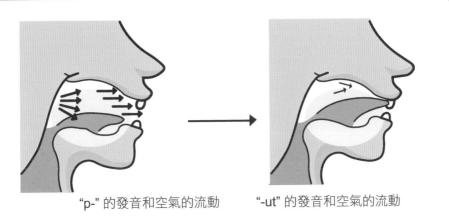

"p-" 的發音和空氣的流動   "-ut" 的發音和空氣的流動

解說 在發 "put" 的音時，空氣微弱的破裂後，往嘴外擴散出去，此時呈現部分的空氣由舌頭往上抬後又被鎖住的狀態。put 的發音，主要是描述「把東西放上去的行為」，因此使用於「置於；放上去」的情況。

- She put the umbrella on the shelf.
  她把雨傘放在架上。

- He put the formula in his head.
  他把公式牢記在自己的腦袋裡。

▶▶ 從發音形象，深入了解 push 的意義。

圖解

解說 在發 push 的音時，空氣由微弱的破裂中往前進，再使其流動得更強
之後完全推出去。

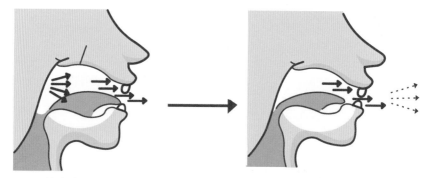

"pu" 的發音和空氣的流動　　　"pu" 和之後連接的 [ʃ] 的發音和空氣流動

push：推

- Push the button. 按下那個鈕。

- He pushed her off the sidewalk.
  他把她推到人行道外面。

▶▶ 從發音形象，深入了解 pull 的意義。

圖解

解說 在發 pull 的音時，空氣先微弱的破裂後又往前推出去，最後再由捲舌的舌尖來阻擋並推拉後，形成一種拉扯的狀態。

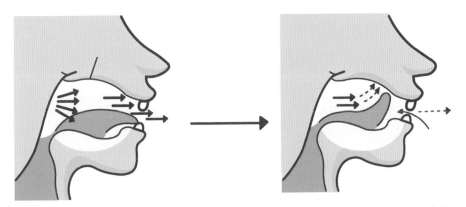

"pu" 的發音和空氣流動　　　　"pu" 和之後連接的 [l] 的發音和空氣流動

pull：拉

- He pulled the door open. 他把門拉開。

- She pulled him by the sleeve.
  她拉了拉他的袖子。

圖解
重要片語

英語中大多數的片語均含有特殊意義，將隱喻人生百態或抽象的意義，以具體的手法加以呈現。因此，透過圖像化來解讀，將有助於各位讀者更輕鬆了解、熟悉片語的應用方法。

首先，我們必須要了解英文片語是以具體、客觀描述的圖解手法解讀意義；相反的，中文則傾向於抽象的、主觀的圖解方式。好比說，中文的「無論如何」這句話，它就是很難讓人具體說明的抽象性概念；但是，在英語的表達方式中，就是使用 "at all events"（所有的事件 → 無論如何）這種具體又客觀性的手法來呈現。

因此，英語和中文在思考方式上有極大的差異性。與其以中文的思考方式學習英語，倒不如藉由圖像解讀文章，透過聯想之後再加以理解。此外，為了輕而易舉地熟悉各個片語，確實明白每個介系詞的意義是很重要的。基於這樣的理由，我們要引用以下兩個例子來加以說明。

❶ 利用單一動詞來表達多種意境，這就是「介系詞」。

簡單的將一個動詞與多個介系詞結合，就能呈現多樣的意義。

 ## 單一動詞搭配不同介系詞產生不同意義的片語

look＝注視	go＝去
look after 照顧	go after 跟隨～
look around 張望	go around 走訪
look back 回頭看	go back 回頭走
look down 輕視	go down 下沉；沉沒
look up 尋找	go up 上升；走上去

❷ 介系詞與不同的動詞結合時，意義卻相同的情況很多。因為，這就是透過
   介系詞決定片語意義的重要因素。

不同動詞搭配相同介系詞產生相同意義的片語

away＝逃跑	on＝持續	off＝脫掉
get away	go on	put off
run away	keep on	take off
break away	hold on	
slip away	carry on	

　　雖然無法列舉所有片語的表達方式，不過，只要用心了解以上的片語，
並了解其運用形態，在背誦其他片語時，一定也能有驚人的成效。

▶ **abide by**：遵守～（＝keep）

　　abide 有「停留，留下」的意思。因此，abide by 也就表達了「根據～而
停留」之意，也就是「透過為遵守約定或協議而停留」的意境，引申為「遵
守（約定或協議）」。

・One should abide by one's promise.
　人應該遵守約定。

▶ **above all**：最重要的是～，尤其

　　直譯為中文有「比什麼都～」的意思。下例圖示是用來說明單一對象優
於其他對象的分析結果。

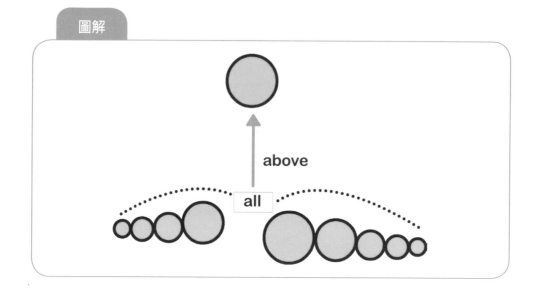

above

all

- Above all, he is honest.
  最重要的是，他很誠實。

▶ **after all**：終究（＝ in the end）；克服了～（＝ in spite of）

　　意味著「事過境遷（結束）之後」，這種意境，除了圖像解讀加以描述之外，很難用其他的方式表達。因此，根據文理我們可以解讀為「結果」或是「克服了～」的意思。

- I was right after all.
  終究還是我對了。

- After all his mistake he succeeded.
  他克服了所有的失敗，終於成功了。

▶ **all at once**：突然（＝ suddenly）

　　直譯為中文有「所有狀況都一次出現」的意思，但並不是事前有所預警或公開的狀況，而是指「所有意想不到的狀況都突然發生」之意。

- All at once the rain poured down.
  突然下起了大雨。

▶ all but：幾乎（= almost）

　　直譯為中文有「並非所有的」的意思。這個片語所描述的是「除了大約以外的全部」的狀態，換言之就是「幾乎」的意思。

- His heart all but stopped at the news.
  他聽到那個消息時，心臟幾乎都停止了跳動。

圖解

all

but

▶ allow for：考慮～

　　直譯為中文有「為了～而允許」之意，也就是指「考慮～」。

- Her boss allowed for her personal circumstances.
  她的上司考量到她的個人狀況。

▶ answer for：負責任

　　直譯為中文有「為了～而回應」的意思，進一步解釋成「為了擁護（造成某個問題的對象）而查明」的含義，換言之就是「負責任」的意思。

- We must answer for the consequences.
  我們必須對這個結果負責任。

▶ anything but：除了～外，絕對不（= never）

　　直譯為中文有「無論是什麼，唯獨」的意思。利用「除了～，什麼也不否定」的意思，用來強調「絕不」的含意。

- I can do anything but this.
  （我什麼都能做，）唯獨這件事做不到。

▶ **nothing but：只有（= only）**

直譯為中文有「（除了這個，）其他都不算」的意思。以「只有這個」強調 only 的意義。

- He is nothing but a thief.
  他只不過是個小偷。

▶ **apart from：與～分別；除～之外（= except for）**

直譯為中文有「與～分別」的意思，也就是直接連接了 expect for（除了～）的意思。

- He lived apart from his wife.
  他與太太分開住。（他和他的太太分居。）

- Apart from the question of money, the project is impractical.
  撇開錢的問題不談，那個計畫並不實際。

▶ **apply to：適用，採用**

apply 的意思是「應用」。所以，apply to 常用來表達「把～應用在～」的意思，由此可見，我們常說的「採用」這句話，就是從這個意思延伸而來的。

- This theory applies to all cases.
  這個理論適用於所有的狀況。

▶ **apply for：申請，支援**

將 to 換成 for，就會多了「為了～、符合～」的意思。因為若想支援某

種狀況，必須先努力讓自己「適用」於那個狀況。

- Did you apply for the job?
  你申請那個工作了嗎？

▶ **as a rule：在多數情況下，通常（＝ usually）**

　　直譯為中文有「一種規律性」的意思，用以強調「大致上」之意。若是能夠發揮一些想像力，應該不難理解這個片語的用法。

- As a rule I drink some coffee in the morning.
  我通常都在早上喝咖啡。

▶ **at all events：無論如何**

圖解

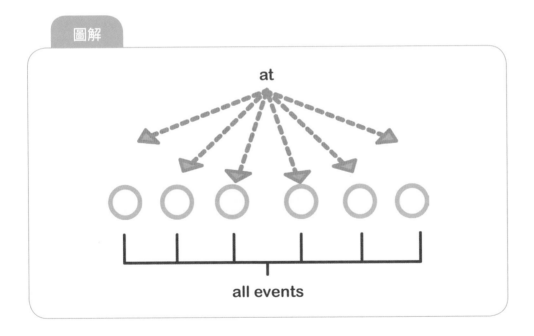

　　指「不管在什麼樣的情況」之下，換言之就是指「無論如何」這個抽象的意境。

- At all events I must finish this.
  無論如何我都得完成這件事。

▶ **ask after：問候**

將「在某人背後所做的行為」，以「問候」這種象徵性的意思來傳達。

- I asked after his health.
  我問候他的健康狀況。

▶ **at a loss：不知所措**

直譯為中文有「處於劣勢」的意思。當人處於劣勢時，就很容易手足無措，所以，這個片語是指「一種處於劣勢，而不知所措」的狀態。

- He was at a loss for an answer to the question.
  他因為不知道該怎麼回答，而顯得不知所措。

▶ **at best：至多，充其量**

直譯為中文有「最佳狀態」的意思，引申解釋為「最多」之意。

- The wounded fugitive cannot go more than 10 miles at best.
  那個負傷的逃亡者，充其量只能再走 10 英哩左右。

▶ **at (the) least：至少（= not less than）**

直譯成中文有「最少」的意思，引申解釋為「至少」之意。

- You must sleep at least eight hours a day.
  你一天最少應該睡足 8 個小時。

▶ **at (the) most**：頂多，最多（＝ at the maximum）

　　直譯為中文有「最大限度」之意，因此可以解讀為「頂多，最多」。

- He may have only a few bucks at most.
  他最多也只有幾塊美金。

▶ **at first hand**：直接的

　　直譯為中文有「第一手」的意思，指第一個接觸且尚未有其他人接觸，意即「直接」。同樣的，at second hand 表示「第二個接觸」，也就是指「間接」。

- I've heard the news at first hand from her.
  我是直接從她那裡聽到消息的。

▶ **at hand**：接近

　　直譯為中文有「在手上」的意思，因此可用來描述「即將到來」的狀態。

- The driving test is close at hand.
  考駕照的日子逼近了。

▶ **at length**：仔細的

　　直譯為中文有「冗長地說完」，可引申為「終於」之意。而且，既然說得冗長，想必也就說得很仔細，所以也可以用來表達「仔細」的意思。

圖解

- I explained this at length.
  我很仔細地說明這件事。

▶ **at one's wit's end：不知道該怎麼辦**

圖解

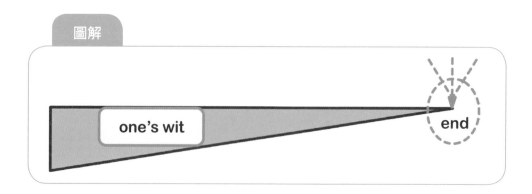

　　中文直譯為「自己的智慧見底的瞬間」，這時相信任誰都會「不知道該怎麼辦」吧。

- I was at my wit's end what to say.
  我不知道還能夠說些什麼。

▶ **at stake**：危急的，有風險的

stake 是「賭金」，直譯為中文有「放在賭桌上的狀態」之意，因此是指「危急的」狀態。

- Your life is at stake.
  你命在旦夕。

▶ **at the mercy of**：被～左右

mercy 是「慈悲，同情」，因此這個片語直譯為中文有「基於（依附於）～的慈悲的狀態」之意，可延伸為「因為某人的慈悲而被左右」。

- The boat was at the mercy of the storm.
  那艘遊艇受暴風雨所左右。

▶ **be absorbed in**：熱衷於～

absorb 是動詞「吸收」之意，直譯成中文為「被～吸進去」，所以引申為表達「熱衷於～」的意思。

- He was absorbed in a social dance.
  他熱衷於社交舞。

▶ **be accustomed to**：對～熟悉

accustom 是動詞「熟稔，習慣」之意，因此這個片語可用來表達「對～熟悉（熟練）」的意思。

- The solider was accustomed to fear of death.
  那個士兵對死亡的恐懼早就習以為常。

▶ **be apt to：可能會～，易於～**

apt 含有「適當的，合宜的」之意，直譯成中文為「適合於～」。如果所有的情況都適合時，則可以解讀為「可能會～，易於～」。

- We are apt to fall into a bad habit.
  我們很容易陷入壞習慣當中。

- A baby is apt to catch cold.
  嬰兒容易感冒。

▶ **be bound to：不得不～；絕對～**

bound 是 bind（捆綁）的過去分詞，可用來表示「被綁」的被動意義。直譯成中文有「捆綁成（固定住）～」的意思。既然是「被固定住」，我們還可以解讀為它是描述「不得不的狀態」。

- He is bound to succeed.
  他絕對會成功的。

圖解

▶ **be bound for：前往**

把 to 換成 for，就多了「朝～方向去」的意思，「綑綁住往～方向去」的話，當然就是「前往」的意思了。

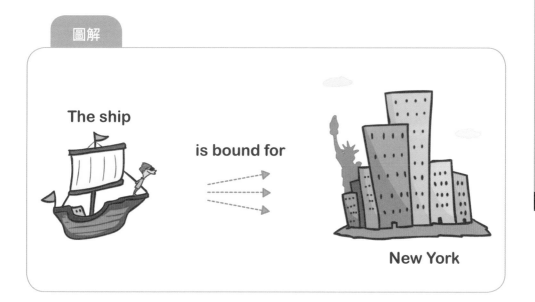

圖解

The ship **is bound for** **New York**

- The ship is bound for New York.
  那艘船駛往紐約去。

▶ **be equal to：匹敵～；有能力擔當～**

equal 是指「相等的，對等的」之意，直譯成中文有「對等於～」的含義。因此，也就可用來表示「匹敵～；有能力擔當～」的意思。

- Recycling water is not equal to the waste of water.
  把水循環再用，仍然無法負荷已經浪費掉的部分。

- I am equal to this task.
  我有能力擔任這個職務。

equal 與赤道

把地球一分為二為同樣大小的線，稱為「赤道」。在英語中，「赤道」的說法有「使之一分為二成同等大小」的含義，所以赤道的英文是 "equator"。

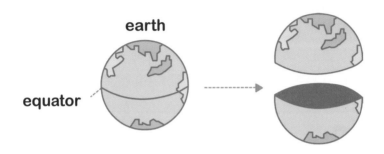

earth

equator

▶ be forced to：不得不～

forced 是指「施加壓力」，直譯成中文有「施壓於～，強制～」等含義。加上因為是被強迫的，所以也可說是「不得不～」。

- He was forced to resign his post.
  他被迫辭職。

- We were forced to comply with the request of the committee.
  我們不得不迎合委員會的要求。

▶ be in accord with：與～調和（一致）

accord 是指「調和，一致」，直譯成中文有「處於與～調和（一致）的範疇」的含義。

在此，我們必須注意到使用 in 的表現手法，這裡是利用名詞 accord 來完成「加以調和」這個動詞的含義；不過，把「調和」這樣一個抽象的對象（accord with）轉換成具體的對象，就是要與 in 結合使用（be in accord with）。

- It is in accord with our foreign policy.
  它與我們的外交政策一致。

- What he is doing is not in accord with what he has said.
  他的所做所為與他的說詞並不一致。

▶ be in charge of：對～負責任

　　charge 有「保管所授予的責任」之意，直譯成中文則有「在～的責任範圍以內」。

圖解

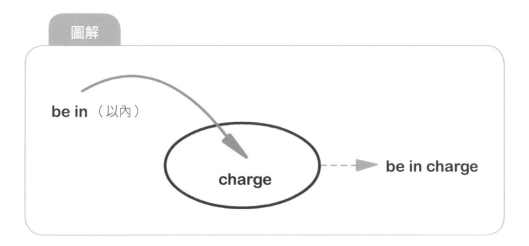

- The lady is in charge of the second year class.
  那位女士擔任二年級的導師。

in 與 out of 的活用法

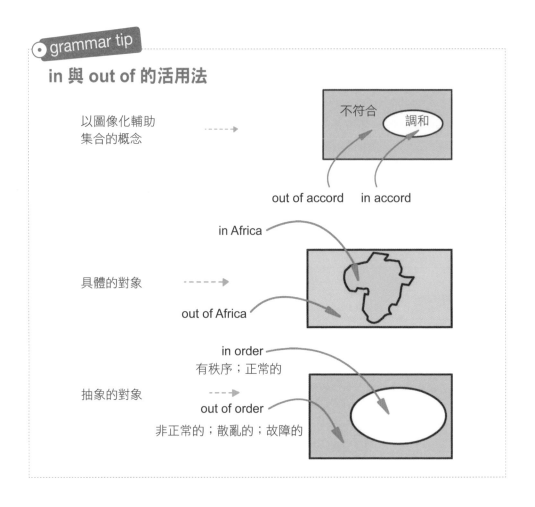

以圖像化輔助
集合的概念 ----→

不符合　調和

out of accord　in accord

in Africa

具體的對象 ----→

out of Africa

in order
有秩序；正常的

抽象的對象 ---→

out of order
非正常的；散亂的；故障的

▶ be in the way：對～造成妨礙

直譯成中文有「在路上」的意思。若是有個東西佔據了我要走的路，此時，當然就是對我「造成了妨礙」囉。

- He didn't want to be in the way of her advancement in life.
  他不希望妨礙到她的成就。

▶ be up to：是～的責任（義務），隨～的意思而決定

我們可以將這個片語解讀為擬人化的表現，像是以直立的姿態朝向某個方向的樣子，就如同等待著指示，伺機而動的樣子。

圖解

- The choice is all up to you.
  選擇權在你。

- It is up to you to complete this task.
  由你來決定完成這個任務。

▶ **bear in mind：放在心上，記住**

　　bear 有「產生（結果）；生出～」之意。如同在心裡結成果實加重負擔，所以引申為「放在心上」、「記住」的意思。

- You must bear in mind that they know almost nothing about it.
  你千萬要記得，他們對這件事幾乎一無所知。

▶ **behind time：晚於～**

▶ **behind the times：跟不上流行；跟不上時代**

　　time 是「時間」，the times 直譯為中文則是「那些時間」的意思，換言之是「固定時間的延續（時代）」之意。

behind time
遲到

behind the times
跟不上時代

- The airplane arrived thirty minutes behind time.
  那班飛機比原定到達的時間晚了 30 分鐘。

- This style of hat is behind the times.
  這種款型的帽子已經跟不上潮流了。

▶ between ourselves：我們之間的祕密

我們可以從以下圖像化的情境中，看出這個片語的完整含義。

圖解

- Between ourselves, she didn't tell him the truth.
  這是我們之間的祕密，她並沒有對他說實話。

▶ **beyond description：無法形容的程度**

beyond 是帶有「超越～」含義的介系詞，這個片語直譯成中文有「超越 description（描述）」的意思，也就是「超越言語所能形容」的程度。

圖解

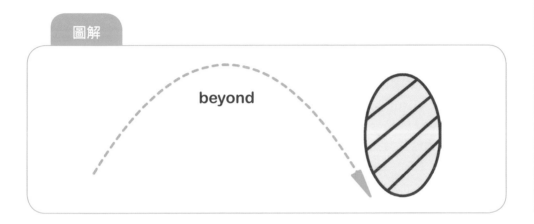

- Her beauty is beyond description.
  她美到讓人無法形容。

▶ **break away：逃跑**

請見以下圖像化的說明，就可以輕鬆理解為何 break away 解釋為「逃跑」。

圖解

- A suspected murderer broke away from the prison.
  一個殺人嫌犯逃獄了。

- It is not easy to break away from old habits.
  老習慣是不容易改掉的。

▶ break into：入侵

請見以下圖像化的說明，就可以看出把 away 改為 into 有何不同之處。

圖解

- The escaped prisoner broke into her house last night.
  那個逃犯昨晚入侵了她家。

▶ break out：突然發生，爆發

這是指打破平靜的狀態，並且向外突發的現象。

- A big fire broke out last night.
  昨晚突然發生了火災。

- War should not break out again.
  我們不能再爆發戰爭。

▶ bring about：使之發生，引起

　　如果介系詞 about 的意義解釋為「撤開網子的行為」，那麼 bring about 就是指「攤開那張網子的舉動」此一行為，引申為「使之發生，引起」的意思，也可以說「把某個物品拿來攤開的行為」。

- Gambling will bring about his ruin.
  賭博將會導致他的毀滅。

▶ bring home to：切實感受到

　　home（家庭）對每一個人來說都是很重要的堡壘，因此只要一提到「家」，便會讓我們的心有著「切實的感受」。由此可見，「擁抱 home（家庭）」，就是一種「切實的感受」。

- Her death brought home to him the meaning of life.
  她的死亡帶給了他對人生意義的切身感受。

▶ bring up：教育，養育

　　將 bring up 直譯成中文有「往上帶走」的意思，引申為「養育」之意，而養育當然也包括了「扶養並教育」的含義。

- He should be brought up to give more care to his dress.
  他必須被教育更加注重服裝儀容一些。

267

- She has brought up many war orphans.
  她養育了無數個戰火孤兒。

▶ **by accident：偶然**

　　accident 是「意外」、「偶然」，而介系詞 by 是「根據～而」之意。因此，by accident 當然可以解釋為「偶然」。

- She witnessed the scene of a crime by accident.
  她在偶然的情況之下，目擊到犯罪現場。

▶ **by means of：藉著～的手段**

　　means 是「手段」、「方法」，所以這個片語直譯成中文就是「藉著～的手段」的意思。

- They settled the dispute by means of diplomatic negotiations.
  他們藉著外交協商的手段，解決了那場紛爭。

▶ **by the way：順便一提**

　　直譯成中文是「路邊」，如果把某個談話看做是雙方走在同一條路上，那麼若是走出了路的範圍，就可以說是跳脫了談話的意義；由此引申為轉換談話方向時的用詞，也就是「順便一提」。

- By the way, did you tell her everything?
  順便一提，你全都告訴她了嗎？

▶ **by way of：經由；由於～**

　　直譯成中文是「根據～的路線」，也就是「利用那條路」、「往那一條路走」的意思。由此引申出「經由」這樣的意境。

- She will go to London by way of Hong Kong.
  她將經由香港飛往倫敦。

▶ **call down：嚴厲斥責**

call 有「（大聲）喊叫」之意，把 call down 直譯成中文是「叫來並使之往下走」，也因此會有讓人感到心情低落，故延伸為「嚴厲斥責」之意。

- The teacher called me down for being late to school.
  老師斥責我上學遲到。

▶ **call for：要求**

直譯成中文有「為了～而呼喊」之意，換言之是指為了某個理由進而「要求」的意思。

- She called for a glass of orange juice.
  她點了一杯柳橙汁。

- This occasion calls for an emergency action.
  像這樣的情況需要緊急措施。

▶ **call off：取消**

介系詞 off 是指「完全消滅」、「斷絕」。將 call off 直譯成中文有「叫來斷絕」、「叫來消滅」的意思，在此是指消滅與對方之間的某種關係，所以可以解釋為「取消」。

- The flight called off because of the heavy snowfall.
  那班飛機由於下大雪的緣故取消了。

▶ **call up：打電話叫醒；想起某事物**

call 有「打電話」的意思。也許是因為「鈴！鈴！鈴！」的聲音聽起來

像是有人在大聲叫喊一樣，所以才會把電話取名叫做 call 呢！

　　不管如何，把 call up 直譯成中文有「打電話使之向上（使之站立）」的意思，也就是指「打電話叫醒某人」。此外，喚醒沈睡的記憶這種抽象的用法，也可以利用 call up 來表達，也就是「想起某事物」的意思。

- What time shall I call you up?
  請問我要幾點叫你起床呢？

- The picture called up my childhood.
  那張照片使我想起了童年。

▶ carry on：繼續下去；經營

　　carry 是指「搬運」，在此必須特別注意介系詞 on 的部分。如同 go on「繼續，繼續向前進」、keep on「繼續～」等，含有「繼續」意思的用詞多半都會使用到 on。

　　在這些用詞當中，on 可以說是表示「往特定的軌道向上」的意思。意即「（隨著軌道原本的動向）繼續進行」。

- Carry on with your job.
  繼續你尚未完成的工作。

- He carries on a life insurance company.
  他經營一家人壽保險公司。

▶ carry out：執行，實現

　　直譯成中文有「向外搬運」之意，在這裡所指的搬運對象是指「計畫」。換言之，這是指「把心裡的計畫往外搬運」，延伸為「落實某個計畫」。

- You must carry out this order immediately.
  你必須立刻執行這道命令。

▶ **catch sight of：突然看見，瞥見**

catch 可以解釋為「描述貓（cat）迅速捕獲獵物」的行為，所以 "catch sight of " 並不是很悠閒的觀看，而是在某個瞬間看見貓移動攻擊的場面，所以可以解讀為「突然看見」。

- I caught sight of her in an uproar.
  在一陣騷動之中，我不經意瞥見她的身影。

▶ **catch up with：趕上，追上**

直譯成中文有「像貓一樣跳起來抓著，並且往上同行」之意，引申為「在比自己還要崇高的地位上使勁跳起」的含義，因此解釋為「趕上」。

- The sheriff will catch up with the murderer in a few hours.
  警長在幾個小時之內，就會追上那名殺人犯。

- I worked very hard to catch up with her.
  為了趕上她，我拚命的用功。

▶ **come across：偶然遇見**

> **圖解**

直譯成中文有「來到和什麼交叉的地方」的意思。走在互相交叉的方向都能碰到面，這樣的情形真的只能說是「偶然」的了。

- Running across the field, I came across a beautiful lady.
  穿越田野奔跑時，我偶然遇見了一位少女。

- Hey! I've just come across a good idea!
  嘿！我突然想到一個不錯的主意！。

▶ **distinguish A from B：分辨 A 和 B**

直譯有「從～區別～」之意，因此可以延伸解讀為「將某兩樣東西做出分別」，所以有「分辨」的意思。

- She cannot distinguish a frog from a toad.
  她無法分辨青蛙和蟾蜍。

- We have to distinguish right from wrong.
  我們必須明辨是非。

▶ **distinguish oneself：傑出，以～出名**

直譯有「讓自己神氣」之意，因此可以延伸解讀為「揚名」的意思。

- He distinguished himself by his fluent tongue.
  他的能言善道是出了名的。

- Steve Jobs distinguished himself as Apple creator.
  史蒂夫·賈伯斯以身為蘋果電腦的創始者而聞名。

▶ **drop in**：順道拜訪

　　直譯成中文有「（雨滴）流進裡面」之意，而雨滴往裡面滴落，就像是「經過」一般似的，具有生動的表達意境。

- Drop in to see me when you have time.
  當你有空時，順便過來看看我。

▶ **dwell on**：深思熟慮

　　dwell 的基本含義是「居住」、「生活」，直譯成中文是「為了～而居住」，也就是「長期居留」的意思。

　　因此，這裡可以解讀為若是將某個對象列入考慮的話，那麼就得好好的「深思熟慮」一番囉。

- She dwelled on the meaning of life.
  她認真思考了人生的意義。

▶ **fall back on**：依賴～

　　中文直譯為「把背靠向～」，通常這個動作是發生在毫無警戒心的狀態之下，因此是基於完全「依賴」對方的心態，才會這麼做。

- When you are weary, you can fall back on me.
  當你身心俱疲時，可以依靠我。

▶ **fall short of**：達不到水準

　　指「未能達到某一個標準而落後」，也就是「達不到水準」之意。

- His speech falls short of our expectation.
  他的演講並沒有達到我們所預期的水準。

▶ **far from：完全不～**

直譯成中文有「遠離～」之意，因彼此之間的距離遙遠，才會造成「完全不～」的意境。

- She is far from praising her son.
  她完全不讚美自己的兒子。

▶ **feel like~ ing：想要～**

直譯成中文有「覺得像是～」之意。其實在某種程度上，因為「覺得像是～」，就會產生「想要～」的心情。

- She didn't feel like talking to anybody.
  她不想和任何人說話。

▶ **figure out：想到，理解**

直譯成中文有「將（無形的物體）往外顯露出來」的意思，所以可以解讀為「想到」、「理解」。

- The therapist could figure out what the patient is trying to say.
  治療師能夠理解那位患者想要表達的意思。

▶ **find fault with：找缺點～，挑剔**

直譯成中文有「找～的缺點」的意思，換言之就是「挑剔」之意。

- He always tries to find fault with the work of others.
  他總是伺機挑剔別人的作品。

▶ **find one's way**：發現途徑；找到解決方法

直譯成中文是「找到自己的路」，也就是「發現途徑」的意思。

- The explorer found his way through a dense forest.
  探險家從茂密的樹林中發現出路。

▶ **first of all**：首先

直譯成中文是「全部之中的第一個」，換言之就是「比誰都還要搶先」，所以解釋為「首先」的意思。

- First of all, I must express my heartful thanks to you.
  首先，我必須由衷的感謝各位。

▶ **flatter oneself that**：洋洋得意

直譯成中文有「自誇」的意思，而自誇並不是一種謙遜的行為，是一種「洋洋得意」的舉動。

- He flatters himself that he is in good shape.
  他為自己的好身材而洋洋得意。

▶ **for fear (that)...should...**：因為害怕～

直譯成中文是「因為擔心～而煩惱」，介系詞 for 在這裡是用來表達「為了～」、「因為」的含義。

- She couldn't jump into the water for fear that she should be drowned.
  她因為害怕溺水而不敢跳進水裡。

▶ **for God's sake：不管怎麼樣，只求～**

　　直譯成中文是「看在老天爺的份上」，因為已經焦急到甚至要尋求上天的幫忙，因此有「不管怎麼樣」、「只求～」的延伸意義。

- For God's sake, spare him his life.
  不管怎麼樣，請救救他的命。

▶ **for my part：就我的立場來說**

　　直譯成中文是「只考慮我自己（不知道別人是怎麼想的）」的意思。這裡的介系詞 for 當「考慮～」之意。提供參考，表達「部分性的」意義則可用另一個片語 in part（= partially）來表達。

- For my part, I have nothing to say.
  就我的立場來說，這沒什麼好談的。

▶ **for nothing：免費的；徒然的**

　　直譯成中文有「為了不值得的事物」之意，用具體的概念來描述抽象的事物。

- Stop wasting your money for nothing.
  別再徒然浪費金錢。

▶ **for one's age：就其年齡而言**

　　直譯成中文是「考慮～的年齡」，for 是用來表達「考慮（比較之下）～」的意思。

- He is mature for his age.
  他比實際的年齡還要成熟。

- Her child is old for his age.
  她的孩子比實際的年齡看起來大。

▶ **for one's life：拚命**

直譯成中文有「為了～的性命」之意。為了某個理由而賭上性命，當然就是「拚命」的意思了。

- He tried to escape from the prison for his life.
  他拚了命的嘗試逃獄。

▶ **for the most part：大部分，大多數**

這裡所指的「大部分」，並非指靜止的某一點，而是如同下列圖示裡所傳達的意境，範圍包括箭頭所指方向的任何一個處，所以需要用到介系詞 for。

圖解

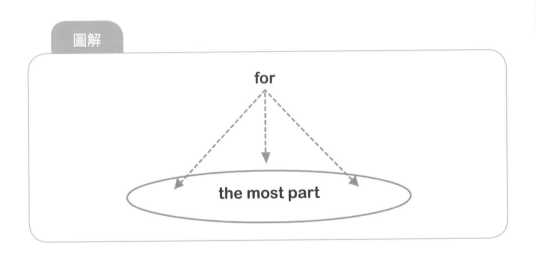

- Those present were, for the most part, university professors.
  那些出席者大多數都是大學教授。

▶ **for the present：暫時**

請參照下列圖示，我們就可以清楚地看出 at presnet（目前）和 for the present（暫時）之間的差別。

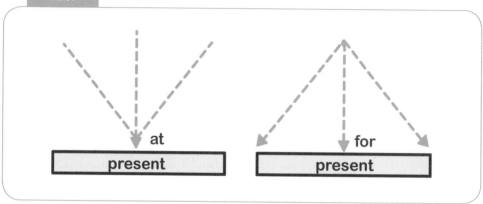

at present 是清楚指明「目前」的時間概念，是一種「瞬間的現在」的表達；for the present 則是指「某種程度上，持續性的現在」。

- He is busy at present.
  他現在在忙。

- He will be rather busy for the present.
  他暫時會很忙。

▶ for the purpose of：為了～的目的

- He got a part-time job for the purpose of saving money for college.
  他為了存大學學費而找了一份打工。

▶ free from：沒有（負擔等）；免除

直譯成中文有「從～得到自由」之意。換言之就是從某種情境解脫，予以「免除」或「沒有負擔」。

- He is a man free from military service.
  他是不用服兵役的人。

▶ **go from bad to worse：惡化**

「不好的情況變得更糟糕」的意思，也就是「惡化」。

- The relationship between them went from bad to worse.
  他們的關係越來越惡化了。

▶ **live from hand to mouth：貧困的生活**

這是指一種「一有食物就急著送進嘴裡的生活」，賺到的錢勉強只能用來糊口，當然就是指「貧困的生活」。

- Many people live from hand to mouth.
  很多人都過著貧困的生活。

▶ **gain on：侵蝕；逼近；趕上**

gain 是指「（經過努力而）得到～」的意思。我們可以透過以下的圖示，更加了解 gain on 的含義。

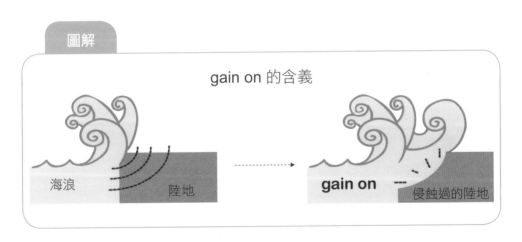

圖解

gain on 的含義

海浪　　　陸地

gain on

侵蝕過的陸地

- The sea is gaining on the land.
  浪潮侵蝕著陸地。

- The police are gaining on the bank robber.
  警察緊追著銀行強盜。

▶ from time to time：有時，偶而

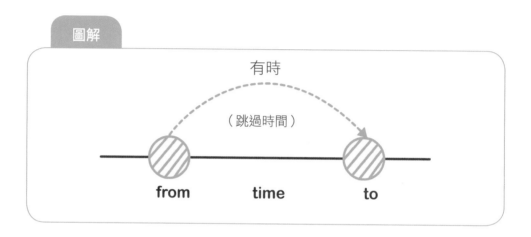

- He comes to see me from time to time.
  他有時會來看我。

▶ get along：進展；過活

get 是「到達～」，介系詞 along 是「隨著～」，直譯成中文即為「跟著～而到達～」的意思。而隨著某種動向達到某種狀態，其實就是事件的「進展」，也可引申為「活著」的意思。

- She cannot get along on the salary.
  她無法靠自己的薪水過日子。

- How are you getting along with your work?
  你的工作進展得如何？

▶ **get at：到達；理解**

get 是「到達～」，介系詞 at 則是指「確切的場所」。請見以下的圖像說明。

> 圖解

get at 的意義

at

get

朝某個定點伸出手「觸及」的狀態

以身體的觀點來看，get at 指的是「到達」之意，從精神上的觀點來看，則可解釋為「理解」之意。

- He couldn't get at the honey jar on the shelf.
  他拿不到櫥櫃上面的蜂蜜罐。

- She couldn't get at his meaning.
  她無法理解他真正的意思。

▶ **get away：逃脫；離開**

直譯成中文是「去到遙遠的地方」，換言之就是「逃到（很遠的地方）」、「離開（到遙遠的地方）」。

- A tiger got away from the cage.
  一隻老虎從籠子裡逃跑了。

- Public sentiment has already got away from the government.
  民心早已背離了政府。

▶ get better：好轉

指「達成更好的局面」的意思，換言之就是「好轉」。

- He is getting better.
  他的情況好轉了。

▶ get worse：惡化了

指「狀況變得更壞」的意思，換言之就是「惡化」。

- He is getting worse.
  他的情況惡化了。

▶ get over：恢復；克服

直譯成中文有「經歷～」之意；經歷的對象若是疾病或難關，當然就得「恢復」或「克服」了。

- He finally got over the financial difficulties.
  他終於克服了經濟上的困難。

▶ get in：搭乘

直譯成中文有「到～裡面」的意思。搭乘轎車或計程車等小型交通工具時，要使用 "get in" 以描述「彎著身體，進入車廂裡的樣子」；搭乘巴士或電車等大型交通工具時，則要使用 "get on" 來表示。

get in

- Get in.
  上（車）來！

▶ get on：搭乘

　　直譯成中文有「到～的平面（上面）」的意思。get on 用來表示我們搭乘巴士或電車時「往上面走去的樣子」。

get on

- He got on a train for Taipei.
  他搭上了往台北的班車。

grammar tip

不同狀況的例外

其實以上介紹的這些用詞並不是絕對的，每個片語都會依照狀況的不同而有所變化。舉例來說，想要表達擠進滿載乘客的巴士時，與其說「坐上了巴士」，不如說「擠進巴士裡」這樣的說法更加貼切。因此，我們可以用 "get in a crowded bus."（搭上擁擠的巴士。）來形容，此時介系詞就是使用 "in"。

▶ **get off**：（從車子、馬匹、飛機等）下來

直譯成中文有「處於與～斷絕關係的狀態」之意，引申為「從（交通工具）下來」。

圖解

get off

- She got off the bus in a hurry.
  她匆忙地從巴士下車了。

▶ **get on in the world：有所成就**

直譯成中文有「在世界上嶄露頭角」之意，也就是「有所成就」。

- She missed a chance to get on in the world.
  她錯過了能夠有所成就的機會。

▶ **get used to：習慣於～**

use 是指「使用」，used 則是「用過而陳舊的」。get used to 直譯成中文是「處於用過而呈現老舊的狀態」之意；如果一樣東西用到老舊而不能使用，當然肯定會「習慣」了。

- You'll get used to the noise of this city soon.
  你很快就會習慣這個城市的噪音。

▶ **give away：錯失；贈送；洩漏**

直譯成中文有「給得很遠」的意思，所以可解釋為「贈送」或「放棄」；另外，也有「洩漏消息」的意思。

- She has given away a good chance of promotion.
  她錯失升遷的好機會。

- He gave away all the money he had.
  他捐贈出他所有的錢。

- Your face gives away your meaning.
  你的意圖已經表現在臉上了。

▶ **give birth to：生下；原因**

直譯成中文有「使～誕生」的意思，所以可解釋為「生下」、或「成為～的原因」。

- My dog gave birth to five puppies last night.
  我的狗昨晚生下了五隻小狗。

▶ give in：屈服；提出

直譯成中文有「給予～」之意，請想像一下戰後在對方的領域裡「給予」旗子的樣子，藉此引申為「投降」、「屈服」的意思。此外，give in 的對象若是指作業或報告之類的，就能讓人聯想到「提出」、「呈交」這個含義。

- The Government gave in to the demand of the people.
  政府屈服於人民的要求。

- Please give in your returns now.
  請把報告呈交上來。

▶ give oneself to：專注

直譯成中文有「為～奉獻自己」的意思。以程度上來說，已經到可以奉獻自己的地步，那當然就可以說是「專注」了。

- She gave herself to painting.
  她專注於繪畫。

▶ give out：用盡；分發

out 是把「空氣完全向外吐出」的發音。give out 直譯成中文有「像向外吐氣似的給予」之意，而 give out 的主體若是機器，就可以解釋為「耗盡」或「故障」，若對象是指物品，就可以說「分發」。

圖解

give out

- The machine gave out.
  機器故障了。

- He stood on the street giving out leaflets.
  他站在路上發傳單。

▶ give over：交託；停止

　　直譯成中文有「間接給予」之意；此外，如果將給出去之後的剩餘部分擱置的話，就可以算是「停止（進行中的事）」。

- She gave her property over to her son.
  她將財產交託給她的兒子。

- Give over teasing the puppy!
  停止欺負那隻小狗！

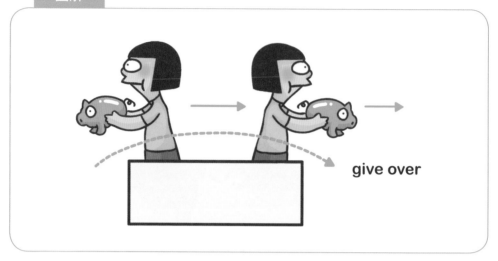

give over

▶ **give up：放棄**

　　直譯中文時有「進貢」的意思。從古代社會中劃分為上、下之分的社會制度來看，「上」可說是上流階層的王公貴族，因此 give up 的意思可以說是指「王侯」、「貴族」；而在當時的社會制度之下，平民進貢給王公貴族的東西就不屬於自己，只能「放棄」了。

- He gave up his post in the government.
  他放棄了政府裡的職位。

▶ **give way：撤退；瓦解**

　　意味著「讓開」，因為無法打敗進攻的敵軍而節節敗退，換言之就是「撤退（瓦解）」。

- I have gone too far to give way.
  這個情況已經來不及撤退了。

- She gave way to despair.
  她陷入絕望之中。

▶ **go ahead**：領先；繼續

　　直譯中文時有「走在前面」的意思，而想要永遠走在前面就得「領先」，當然要不停地「繼續」下去才行。

- Go ahead.
  請先走。

- Go ahead with your study.
  （別在意我）請繼續唸書。

- Go ahead with the pancake.
  請先吃薄煎餅。

▶ **go for nothing**：於事無補；白費力氣

　　意味著「為了無關緊要的事（nothing）努力」，這當然是「白費力氣」的舉動。

- His many years' hard work has gone for nothing.
  他多年來的努力都是白費力氣。

▶ **go hand in hand with**：與～結合在一起，與～關係密切

　　字面上的意思是「手拉著手一起」，換言之有「關係密切」的意思。

- Happiness goes hand in hand with love.
  幸福與愛同在。

▶ **have (get) one's own way**：走自己的路；隨心所欲

　　中文直譯是「走自己的路」之意，不受與他人的干涉，換言之有「隨心所欲」的意思。

- The child wants to have his own way in everything.
  那個孩子一向我行我素。

▶ **have to do with：與～有關係**

意味著「與～一起行事」，也就是「相關」的意思。

- What dose that have to do with me?
  那跟我有什麼關係？

▶ **hear from：透過～得知消息**

- I hear from her once in a while.
  我偶而會從她那裡知道消息。
  解說 通常指「書信」的意思。

▶ **hear of：得知關於～的消息**

- I have never heard of Alice since I left home.
  自從離家以來，我從未得知愛麗絲的消息。

▶ **hold on：緊抓著不放**

圖解

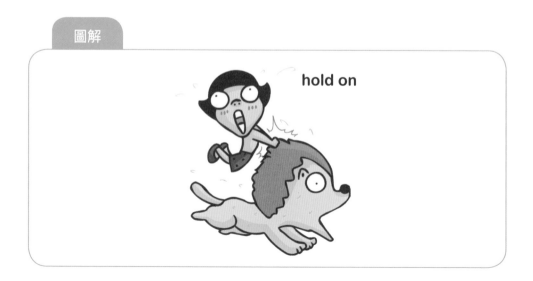

hold on

- Hold on to the rail firmly.
  要緊抓欄杆。

- Hold on a minute.
  請稍待一會。
  解說 這是指在電話線上要對方「（別放下話筒）暫時將話筒拿在手裡」的
  意思，也就是請對方「稍候」。

▶ **hold good：有效**

意味著「維持良好的狀態」，引申為「有效」之意。

- This ticket holds good on the day of issue only.
  這張票只在發行當天有效。

▶ **hold up：舉起；支持；強奪**

除了表達表明「支持」的意願時會舉手之外，被強盜 「掠奪」時，當然
也會舉起雙手囉！

圖解

表明支持的意願　　　　　　　被強盜掠奪的情況

- They held up abolishing class distinctions.
  他們支持廢除階級上的差別待遇。

- A robber held her up and took all the money she had with her.
強盜叫她把雙手舉起來後，洗劫了她所有的財物。

▶ ill at ease：坐立不安

意味著「即使處於休息狀態（at ease），仍然感到不舒服」，換言之有「坐立不安」的意思。

- She was ill at ease while she was waiting for the doctor to come.
在等待看診的時候，她顯得有些坐立不安。

▶ keep company with：與～和睦相處

意味著「互相維繫友誼」，也就是「與～和睦相處」之意。

- She keeps company with a person of influence.
她能與強勢的人和睦相處。

▶ keep...in mind：銘記在心

中文直譯是「保存在心裡」，引申為「銘記在心」的意思。

- You should keep this proverb in mind at any time.
你應該把這個諺語隨時銘記在心。

▶ lay aside：儲存；儲蓄

中文直譯是「放在一邊（而不使用）」，也就是「儲蓄」的意思。

- He lays aside 10 percent of his pay every month for the future.
為了將來，他從每個月的薪水中提撥 10%作為儲蓄。

▶ **lay down：放在地上；丟棄（放棄）**

字面上的意思是「放下」，也可以解釋為將重要的物品「丟棄」之意。

- Suicide squad members swore to lay down their lives for their country.
  敢死特攻隊的隊員發誓，為了祖國而將個人生死置之度外。

▶ **lay up：堆高；儲蓄**

圖解

- You'd better lay up for a rainy day.
  為了以備不時之需，最好有點儲蓄。

▶ **learn...by heart：背誦**

意味著「用心熟記」；既然已經用心，自然而然就能「背誦」下來了。

- It was easy for her to learn the English poem by heart.
  對她來說，背誦英文詩詞是輕而易舉的事情。

▶ **leave out**：排除；省略

意味著「遺留在（籃子）外」的意思，也就是「排除」、「省略」的意思。

- Sandwiches were left out on the menu.
  三明治沒有被列在菜單裡。

- Leave out everything that is troublesome.
  排除所有麻煩的東西。

▶ **live on**：以～為（主）食；靠～維生

直譯為中文有「踏在～上面存活」的意思。維持我們基本生命力的是我們「經常吃的飲食」，也就是「主食」。

- Europeans chiefly live on bread and meat.
  歐洲人主要以麵包和肉類為食。

- The old man lives on a pension.
  那個老人靠退休金生活。

▶ **long for**：渴望

字面上的意思是「長時間的期盼」，也就是「渴望」的意思。

- She longed for him to confess his love to her.
  她渴望他能對她說出愛的告白。

▶ **look after：以視線追蹤～；照顧；留意**

　　意味著「在背後注視著」的動作，換個說法的話，就是「照顧」、「留意」之意。

圖解

- The boy needs a mother to look after him.
  那個男孩需要一個可以照顧他的媽媽。

- She tried to look after her own interest.
  她努力維護自己的利益。

▶ **look back on：回憶；回想**

　　意指「想起某種經驗」，換言之就是「回想」的意思。

- I looked back on my childhood.
  我回想起自己的童年。

▶ **look down on：輕視**

圖解

意指「看低別人」，也就是一種「輕視」他人的行為。

- You should never look down on a person only because he is poor.
  你不能因為一個人貧窮就輕視他。

▶ **look for：尋找；期待**

圖解

look for 是指漸漸擴大視線範圍來「尋找」某物，可以把這個動作想成一邊「尋找」、一邊抱著「期待」的心情。

- What are you looking for?
  你在找什麼？

- The investors will look for much profit from the business.
  投資者都期待著可以從那個事業得到許多利潤。

▶ look into：注意；調查

圖解

就是所謂的「追根究底」，換言之就是「調查」的意思。

- The private detective looked into the case thoroughly.
  那個私家偵探徹底調查那件事。

▶ look out：向外面看；小心

向一個正專注於某件事物的人大喊「look out!（看外面！）」，其實就是在提醒他「小心」的行為。

- He is looking out of the window.
  他朝窗外看。

- Look out!
  小心！

- Look out for cars when you cross a road.
  過馬路的時候要注意車子。

▶ look over：很快地看一眼；檢查

　　這個動作是在描述「大略的瞄一眼」，也就是「斜睨」或「視若無睹」；另外，介系詞 over 有「從頭到尾」之意，所以還可以解釋為「仔細檢查」。

圖解

- He asked me to look over his fault.
  他希望我能對他的錯視而不見。

- The policeman looked over my ID card.
  那個警察檢查了我的身分證。

▶ **look up to：尊敬**

字面上的意義是「仰望」對方，換言之就是「尊敬」之意。

圖解

look up to

- You should look up to your parents.
  你應該尊敬你的父母親。

▶ **lose heart：灰心，失望**

表面意義為「心情跌到谷底」，那當然就是「灰心」的意思了。

- Don't lose heart because you failed in your business.
  不要因為事業失敗就灰心。

▶ **lose no time in ~ing：毫不遲疑地～**

意指「分秒必爭」地處理某件事，也就是「毫不遲疑」的意思。

- He lost no time in expressing his feelings.
  他毫不遲疑的表露自己的情感。

▶ **lose oneself in：專注；迷失方向**

　　沉迷於某種事物，甚至到了「迷失自己」的地步，可以說是一種「失了魂」的行為；既然已經「失了魂」，當然就容易「迷失方向」囉！

- The philosopher lost himself in thought.
  這位哲學家陷入沈思當中。

- The princess lost herself in the wood.
  公主在森林裡迷了路。

▶ **make a difference to：造成影響**

　　對某一事件「造成差異」，可解釋為「對～造成影響」，甚至會形成「產生落差」的局面。

- A raise in exchange rates can make a great difference to our stock market.
  匯率的上升，可能會對股市行情造成很大的影響。

▶ **make a point of ~ing：一定要～，堅持～**

　　意指「抱定決心完成某事物」，換言之就是「一定」並且「堅持」去做一件事的意思囉。

- He always makes a point of getting up early in the morning.
  他總是堅持早起。

▶ **make much account of：把～看得很重要**

　　意指對某件事「做許多的說明」，這是因為「把這件事看得很重要」。

- She makes much account of small expenses.
  即使是雜支，她也看得很重要。

▶ **make little account of：認為～不算什麼**

意指對某件事「極少做說明」，這是因為認為這件事「不算什麼」。

- She makes little account of handsome incomes.
  對於可觀的收入，她覺得不算什麼。

▶ **make no account of：看不起～**

意指對某件事「不做任何的說明」，這是因為「看不起」這件事。

- She makes no account of handsome expenses.
  對於大量的支出，她絲毫不以為意。

▶ **make allowances for：考慮到；體諒**

意指「讓某件事物留下適度的空間」，換言之就是「體諒」的意思囉。

- We must make allowances for his age.
  我們應該體諒他的年齡。

▶ **make amends for：賠償**

amend 有「變動（修正）」之意，而 amends 則有「賠償，補償」的意思。

- The Government made amends her for her loss.
  政府賠償了她的損失。

▶ **make sense：有意義；合理**

意指「製造某種感受」，引申為「有意義」、「合理」之意。

- What you are saying doesn't make any sense.
  你所說的事根本不合理。

▶ **make up one's mind：下定決心**

中文直譯是「堅定某人的心意」，言下之意就是「下定決心」。

- She made up her mind to go abroad for study.
  她決定去留學。

▶ **next to none：無可取代**

none 可以拆解成 no one，整個片語可以譯為「在某人之後，再也找不到其他的人選」，換句話說，這是指那人就是處於「無可取代」的地位。

圖解

- In physics, Einstein has been next to none in the world.
  在物理學的領域中，愛因斯坦的地位是無可取代的。

▶ **next to nothing：幾乎沒有，非常少**

nothing 就是 not anything（什麼都不是），整個片語可以譯為「在某人之後，他什麼也不是」，換句話說，就是「幾乎沒有」、「少之又少」的意思。

> 圖解

nothing to next

- II bought this watch for next to nothing.
  我幾乎是以免費的價錢買到這隻錶。

▶ **be obliged to＋原形動詞：不得不～**

字面上的意思是「必須完成某件事的義務」，意即「不得不～」的意思。

- He was obliged to testify against her.
  他不得不說出對她不利的證詞。

▶ **be obliged to＋名詞：對～造成不便；感激**

指「導致某人必須去做出某些東西」，因為這是一種「造成他人不便」的行為，所以應該要「感激」對方。

- I am obliged to you for your kindness.
  對於你的親切，我很感激。

▶ **be occupied in：忙碌於～**

指「精神專注於某件事物上」，言下之意就是指「忙碌於～」。

- He is now occupied in drawing a picture.
  他正忙著畫一幅畫。

▶ **off duty：下班**

字面上的意思「無關乎義務」，換言之就是指「下班」。

- I am off duty today.
  今天我不上班。

▶ **on duty：當班的，值班的**

意指「處於需行使義務的狀態」，引申為「當班」、「值班」。

- You have to be on duty once a week.
  你必須一週當班一次。

▶ **on purpose：故意的，有意的**

意味著為達到某種「目的」而有所行為，也就是「故意的」。

- She left a handkerchief behind on purpose.
  她故意留下一條手帕。

▶ **out of date：陳舊的，過時的**

意味著「脫離現在的某樣東西」，換句話說，就是指該東西是「陳舊的」。

- The idea is out of date.
  那種想法已經過時了。

- A steam locomotive is now out of date.
  時至今日，蒸氣火車已經過時了。

▶ up to date：最新的

　　意指「朝現代化邁進」，換句話說，就是指「最新的」。

- The record is most up to date.
  這個紀錄是最新的。

▶ out of place：不在正確的位置，不合適

　　字面上的意思是「從（該存在的位置）場所脫離」的行為，可以說這樣的行為就是「不合適的」。

- Her advice was rather out of place.
  她的忠告並不合適。

- His attitude was out of place.
  他的態度並不恰當。

▶ point out：指出

　　意味著「突顯出來」，引申為「指出」之意。

- I pointed out the fallacy in his logic.
  我指出他的推理中錯誤的部分。

▶ beyond (all) question：千真萬確，無疑地

　　中文直譯是「超越（所有）的疑問」，當然就是指「千真萬確」囉！

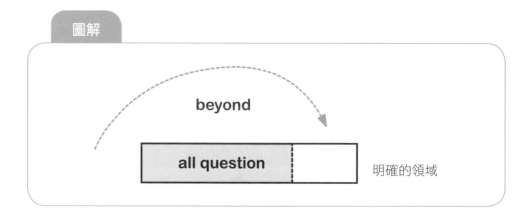

- His sincerity is beyond question.
  他的真誠不容懷疑。

- Beyond question you did your best.
  無疑地，你已經盡力了。

▶ put off：脫掉；延後，推遲

　　直譯為中文有「拿掉～」的意思。把穿在身上的衣服拿掉，就是「脫掉（衣服）」；把某個約定或計畫拿掉，就是「推遲」之意。

- Never put off till tomorrow what you can do today.
  今日事，今日畢。

- Put off your shawl. ↔ Put on your shawl.
  把披巾拿下來。↔（反義：把披巾圍起來。）

▶ run out of：（資源）耗盡

　　字面上的意思是「跑向某個領域之外」，換言之就是指某一個事物「耗盡」了。

- We are running out of food supplies.
  我們的糧食就快耗盡了。

▶ run over：～被（車子）撞到了；快速瀏覽～

中文直譯是「跳過某個事物向前」，引申為「（快速地）輾過某樣東西或「瀏覽～」之意。

- She almost got run over by a bus.
  她差一點被巴士輾過。

- She ran over the shopping list.
  她快速瀏覽了採購單。

▶ stick up for：支持；擁護

意味著「為某件事挺身而出」，換句話說，這是指「支持」、「擁護」。

- They stood up for freedom of the press.
  他們擁護新聞自由。

▶ stick to：堅持、忠於

指「將牢牢在某樣東西上」，如果用在抽象的概念例如「想法」、「信念」等，當然就是指「忠於」了。

- Stick to your principle.
  忠於你的原則。

- It is hard to stick to the diet.
  節食減肥要持續很困難。

▶ take after：與～的外表（性情）相像

字面上的意思有「追趕」之意，引申為「與～相像」。

- She takes after her mother in behavior.
  她的行為舉止像她的母親。

- She takes after her mother more than father.
  她比較像她的媽媽而不是爸爸。

▶ **take charge of：承擔～；負責**

意味著「帶著包袱」，可以進一步解釋為「承擔」、「負責」的意思。

- Will you take charge of the work while I am away?
  我不在的時候，你可以負責這件事嗎？

▶ **take one's time：不慌不忙，慢慢來**

中文直譯是「用充分的時間」；既然有充分的時間，那當然可以「慢慢來」囉！

- Take your time.
  慢慢來（不用著急）。

▶ **to the point：中肯的；正中核心的**

- His speech was brief and to the point.
  他的演說精簡卻一針見血。

- Let's get to the point.
  我們來講重點吧。

▶ **take turns：交換；輪流**

意味著「具有轉換性質」的動作，也就是「交換」、「輪流」的意思。

- Mom and Dad take turns in driving me to school.
  媽媽和爸爸輪流開車載我去上學。

- Let's take turns to do the dishes.
  我們輪流洗碗吧。

▶ **walk out**：（為了抗議）離開位置；罷工

指「（從聚會或工作場所）走出去」，引申為「離開（工作）崗位」、「罷工」。

- The workmen walked out on a 24-hour strike for higher wages.
  這些勞工為了要求提高工資，進入二十四小時的罷工狀態。

▶ **with a view to / of ~ing**：以～為目的；打算～

- She went to Hawaii with a view to spending her holidays by the seaside.
  為了在海邊度假，她去了夏威夷。

- He is planning for a dinner party with a view of making her happy.
為了讓她高興，他正計劃著一場晚餐派對。

附錄

發現有趣的
英語發音

(1) so & such

so 和 such 都是指**如此、這般、所以**，但是用法卻不盡相同。有趣的是，兩者的發音方法和用法也有一致的現象。

so 在句中的發音方式，是將「尾音拉長」；而 such 在句中的發音方式，則是快速地從中間的部分收音。使用方式正如各自的發音方式，so 用於「無法分離的對象」，用來**修飾形容詞**；such 則是用於「可分離的對象」，用來**修飾名詞**。

· You are <u>so beautiful</u>. 妳是如此（這麼）的美麗。

· I have never seen <u>such a beautiful</u> girl. 我從沒見過像她那麼美的女孩。

(2) swim [swɪm] 游泳

發 swim 的音時，我們可以明顯感受到，吐出的氣從扁平的嘴型兩旁併發而出。我們可以想像狗爬式的游泳方式，再做一次這個單字的發音，就會比較好理解。想像身體向前滑行，雙手滑開水的畫面，相信各位讀者就能結合 swim 的發音和字義。

(3) float [flot] 漂流；漂浮（在空中）

發 float 的音時，我們可以感覺到吐出的空氣，仍持續在空中浮動的狀態。讓我們想像氣流漂動的畫面，再做一次這個單字的發音。各位讀者可以藉此發音形態同時記住 float 的發音和字義。

　　仔細觀察每一個英語單字的發音，我們常常會發現，空氣與舌頭的動作之間，有著非常有趣的互動現象。

　　現在，我們再以 acrobat 這個單字來分析。

acrobat [ˋækræbæt] 特技演員

[ˋæ]　　　　[k]　　　　[rə]　　　　[bæt]

　　仔細感覺 acrobat 這個單字的發音過程，空氣的流動與舌頭的動作，是不是跟「前滾翻」這個動作很類似呢？因此，相信各位一定能從中感受到，這個單字的發音與其意義的雷同之處。

　　透過發音和圖像聯想，進一步去理解 acrobat 的意思（特技演員），各位讀者一定能夠強化對這個單字的記憶，同時記住發音和字義喔！

(1) hesitate [`hɛzə,tet] 遲疑

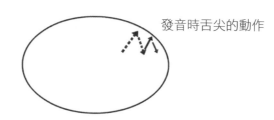

發音時舌尖的動作

　　在唸 hesitate 這個單字時，發音過程中舌尖既不向前也不後退，幾乎只停留在原地。這個發音動作就像是用舌尖描述無法決定要前進還是後退，也就是「進退兩難」的動作。

　　hesitate 的發音可以說是迴盪在口中的，剛好它的含義也與其發音形態類似，有著「遲疑」、「猶豫」的意思。

(2) turtle [`tɝtl̩] 烏龜

空氣的流動

[tɝ]　　　　[tl̩]

　　[t] 原本就是要用力吐氣的發音，但是在 turtle 這個字的發音中，我們會感覺到吐出的氣會受阻而上揚，之後又再度飄盪到眼前，這就好比抬起的前腳再度落下。這個單字的發音方式，正與烏龜短短的前腳抬起來又幾乎落在原地的樣子，十分相像。

rabbit [`ræbɪt] 兔子

　　rabbit 的發音方式是將舌尖往內捲起後再向外伸直,舌頭的這個動作,就好像兔子在跳躍的動作一般。這個單字的發音方式,正好可以跟蹦蹦跳跳的兔子連結起來。

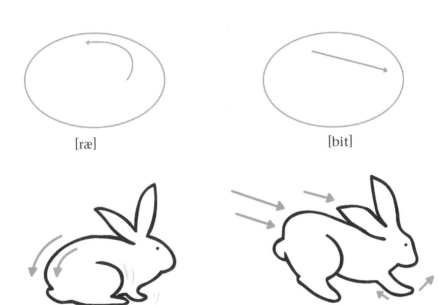

[ræ] 　　　　　　　　　[bit]

　　若是把單字的發音和空氣的律動聯想在一起，我們會發現到許多有趣的現象。現在，就讓我們從下列的單字發音中，探討究竟是什麼有趣的現象吧！

(1) sparkle [`spɑrkl̩] 起泡；火花

　　請各位仔細感覺這個字的發音，空氣由細微逐漸擴散，有點像是嘴裡有泡泡的感覺，想像一下可樂瓶裡不斷地冒出氣泡，然後再重複一次這個字的發音。氣泡不斷冒上來的畫面和 sparkle 的發音，是不是重疊在一起了呢？

(2) spill [spɪl] 使溢出

　　在這個字的發音中，我們會感覺到它的氣流是微弱地流瀉出來。想像一下「不小心打翻了咖啡杯，杯子裡的咖啡灑在桌面上」的畫面，接著再重複一次這個字的發音。各位是否感覺到，發音時空氣的流瀉，真的很像「咖啡潑灑出來」時的狀態呢！

(3) swell [swɛl] 膨脹；增長

　　在這個字的發音裡，各位會很明顯的感受到口中微弱的空氣，從唇齒間迸出的剎那，突然得到釋放的感覺。

　　想像一下帆船行駛在海上時，風帆迎著風鼓起的畫面，然後再重複一次這個字的發音。風帆鼓起的畫面，是不是和 swell 的發音很像呢？

(4) spread [sprɛd] 攤開

　　從這個字的發音中，我們可以感到微弱的空氣平緩地攤開，連捲起的舌尖也呈現平坦的狀態。想像一下在麵包上塗奶油的畫面，然後再重複一次這個字的發音，各位一定能從發音中，感覺到「在吐司上抹奶油」的畫面。

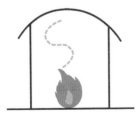

(5) smell [smɛl] 聞；味道

　　從這個字的發音中，我們會感覺到微弱的空氣緩緩地散開，想像一下「手中正端著一杯香味四溢的茶」的畫面，然後再重複一次這個字的發音，各位一定也會在發音時聯想到那樣的畫面。

(6) smoke [smok] 煙

　　從這個字的發音中，各位會感覺到微弱的空氣緩緩擴散的同時，上升並且受到壓縮。想像一下在密閉的空間裡，一縷煙飄散開來，緩緩上升時並且瀰漫整個房間的畫面，然後再重複一次這個字的發音。相信各位已經從發音當中聯想到「煙霧瀰漫」的畫面了。

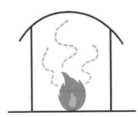
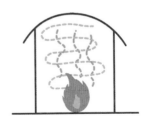

(1) burst [bɝst] 爆炸；爆裂

在這個字的發音中，各位會覺得空氣慢慢地飄散開來，在口中膨脹的同時又緩緩流瀉出來。想像一下「某個東西受內部壓力後膨脹，最後爆裂開來」的畫面，然後再重複一次這個字的發音。各位一定能從中感受到 burst 的發音和爆裂開來的畫面有些雷同。

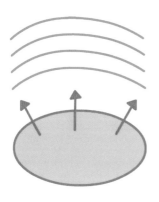 

(2) sweep [swip] 打掃；清理

仔細讀這個字的發音，就好像是把冒出來的空氣一掃而空似的，我們會感覺到空氣似乎都被集中到嘴邊了。想像一下「用大塊的抹布或掃把打掃清理」的畫面，然後再重複一次這個字的發音，各位讀者一定會發現 sweep 的發音和那樣的畫面極為相似。

(1) it 與 if 的意義和發音上的差異

　　it 用來指出特定的對象，if 則表示「假如～」，用來表達帶有假設性質的事件。it 與 if 雖然只有一個字母的差別，但卻代表完全不同的意義。

　　不過，仔細推敲這兩個字的話，各位讀者就能發現他們的發音方式，其實都與其字義相連結。

　　it 的發音，尾音部分明確呈現出了特定對象；相反的，if 的發音，則是令人聯想到想要極力指出「某個對象撲了空，空氣無力飄散」的感覺。這種感覺就如同 if 這個字的含義，代表「假設」或「想像」。

(2) lie 與 lay 的意義和發音

　　許多人都會對 lie「躺下」和 lay「放下；產卵」這兩個單字感到混淆。其實，只要透過發音，就能明確分辨這兩個單字之間的差異。

　　lie 描述的是我們身體伸展的狀態，這個字的發音就好像空氣自然地從上往下流瀉；而 lay 這個字的發音，則好像是把某種物體抱起來再輕輕放下似的，是一種把力量提上來，再趁緩緩攤開之際滑下來的空氣流動。

・lie [laɪ] **躺下**（lie-lay-lain）
・lay [le] **放下；產卵**（lay-laid-laid）

以下我們要用圖像解釋這些單字發音時的空氣流向，比較 here（這裡）/ there（那裡）/ where（哪裡）/ this（這個）/ that（那個）/ what（何物）等字詞的意義以及發音，各位讀者一定會從中發現到有趣的現象！

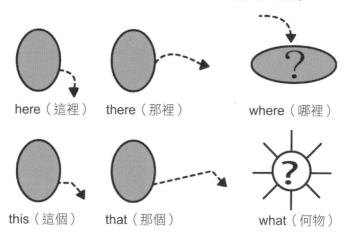

接下來，是 thick（厚實）和 thin（輕薄）這兩個字，在意義上與發音方式的比較。

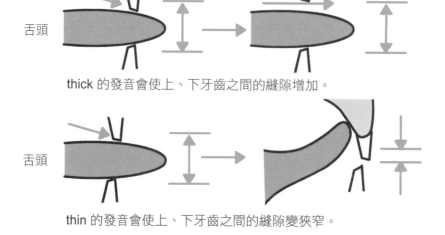

隨動詞時態的變化而有所不同的發音變化

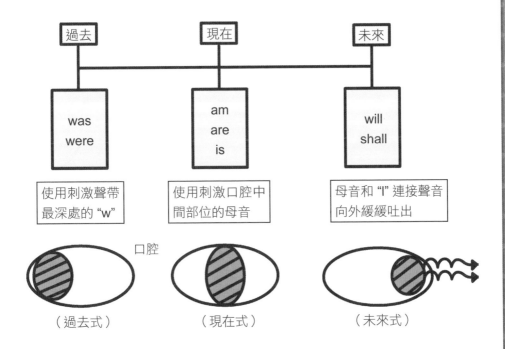

以上是把發音用空間狀態呈現出其變化的圖解，是所有母音產生變化的動詞都會出現的共同現象。接著，讓我們來比較隨時態而改變的動詞發音。

eat（吃）→ ate　　　　swim（游泳）→ swam

go（去）→ went　　　　strike（打擊）→ struck

fall（落下）→ fell　　　give（給）→ gave

bargain [ˋbɑrgɪn] 達成交易協議、討價還價；特價商品

bargain 這個字的發音中，"bar-" 的部分是**把氣含在口中**，然後在 "-gain" 部分**用舌頭分隔出一定的空間**，造成「切斷」的現象。這個字的發音就像是描述在膨脹的價格中討價還價，最後從中得到滿意價格的狀態，所以當動詞用時是「討價還價」的意思，當名詞用時則是指「特價商品」。

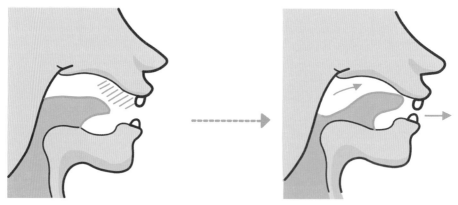

bargain 的發音中，gain 的發音是舌尖切斷空氣似的向外吐出的現象。

sur 與 sub 的發音

從 sur 的發音中，我們利用舌頭的動作使磨擦出來的空氣往上；相反的，sub 的發音則是將磨擦產生的空氣與舌頭同時向下壓。在**往上飄的 sur 發音中，各位讀者應該能夠感受到**「比～上面的；在上方的」這樣的意境。而從磨擦面**往下施壓的 sub 發音裡**，讀者應該也能發現「比～下面的；在下方的」這樣的意境。

從這樣的解說來看，含有 sur 與 sub 的單字，就讓人更容易理解其意義了。

surface：表面（朝上的臉孔）

surpass：超越～（比～更往上）

survive：倖存（比～活得更長久）

submarine：潛水艇（比～還要低下的船舶）

subsummit：準首腦聚會（比～低階的首腦聚會）

subordinate：下級的，部屬的（比～低階的任命）

margin [ˋmɑrdʒɪn] 邊緣；頁邊的空白；販賣利潤

　　仔細注意 margin 的發音，就會發現 "mar-" 部分的發音會擴張口腔裡的
空氣，造成像是嘴裡含了一個東西的樣子。而 "-gin" 部分的發音，則像是分
隔口腔裡一定範圍的空間，緊抓住屬於自己的份量，把其餘的空氣向外吐出
的狀態。

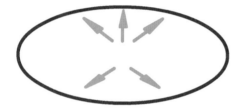 

　　margin 的發音中，gin 的發音像是分隔了空間範圍之後，留下其餘空
氣的現象。

I, you, he, she 的發音

英語中的主詞 I（我）/ you（你；你們）/ he（他）/ she等單字，若把發音與發音時所產生的空氣流動聯想在一起的話，各位就能從中發現非常有趣的現象。那就是唸出各個單字的同時，**發音所產生的空氣動向會直接指向對方的狀態。**

I [aɪ] 的發音就像是藉由空氣的動向，描述「自己站著的樣子」。

you [ju] 的發音是向前吐出口腔裡的空氣，就像是「用手指出眼前對象」的狀態。

he / she 這兩個字的發音，其共同點是都有 [i] 這個長音，具有細長的空氣動向。具有細長的空氣動向的發音，與「遠處看起來小小的對方」有雷同之處。

he（他）：微露牙齒，像是具有攻擊性的男性化發音。

she（她）：輕柔的吐氣，不具攻擊性的女性化發音。

台灣廣廈 國際出版集團
Taiwan Mansion International Group

國家圖書館出版品預行編目（CIP）資料

圖解英文文法的原理 / 安正鳳著；徐若英譯. -- 二版. -- 新北市：
語研學院，2020.04
　　面；　公分
　　ISBN 978-986-98784-1-8（平裝）

1. 英語 2. 語法
805.16　　　　　　　　　　　　　　　109002935

圖解英文文法的原理【暢銷修訂版】

作　　者／安正鳳	編輯中心編輯長／伍峻宏・編輯／賴敬宗
翻　　譯／徐若英	封面設計／張家綺・內頁排版／菩薩蠻數位文化有限公司
	製版・印刷・裝訂／東豪・弼聖・明和

行企研發中心總監／陳冠蒨	整合行銷組／陳宜鈴
媒體公關組／陳柔彣	綜合業務組／何欣穎

發 行 人／江媛珍
法 律 顧 問／第一國際法律事務所 余淑杏律師・北辰著作權事務所 蕭雄淋律師
出　　　版／語研學院
發　　　行／台灣廣廈有聲圖書有限公司
　　　　　　地址：新北市235中和區中山路二段359巷7號2樓
　　　　　　電話：（886）2-2225-5777・傳真：（886）2-2225-8052

代理印務・全球總經銷／知遠文化事業有限公司
　　　　　　地址：新北市222深坑區北深路三段155巷25號5樓
　　　　　　電話：（886）2-2664-8800・傳真：（886）2-2664-8801
郵 政 劃 撥／劃撥帳號：18836722
　　　　　　劃撥戶名：知遠文化事業有限公司（※單次購書金額未達500元，請另付60元郵資。）

■出版日期：2020年4月　　　　ISBN：978-986-98784-1-8
　　　　　　2024年7月13刷　　版權所有，未經同意不得重製、轉載、翻印。